U0902237

〔日〕**陈舜臣** 著
黄哲昕 译

三色屋事件

さんしょくのいえ

天津出版传媒集团
天津人民出版社

图书在版编目（CIP）数据

三色屋事件 / (日) 陈舜臣著；黄哲昕译. -- 天津：天津人民出版社，2018.3
ISBN 978-7-201-12812-2

Ⅰ. ①三… Ⅱ. ①陈… ②黄… Ⅲ. ①长篇小说－日本－现代 Ⅳ. ① I313.45

中国版本图书馆 CIP 数据核字 (2017) 第 315184 号

著作权合同登记号：图字 02-2017-288

三色屋事件

SAN SE WU SHI JIAN

陈舜臣 著　黄哲昕 译

出　　版　天津人民出版社
出 版 人　黄　沛
地　　址　天津市和平区西康路 35 号康岳大厦
邮政编码　300051
邮购电话　（022）2332469
网　　址　http://www.tjrmcbs.com
电子信箱　tjrmcbs@123.com

责任编辑　张素梅
封面设计　杨祎妹

制版印刷　三河市春园印刷有限公司
经　　销　新华书店
开　　本　620 × 899 毫米　1/16
印　　张　13
字　　数　94 千字
版次印次　2018 年 3 月第 1 版　2018 年 3 月第 1 次印刷
定　　价　46.00 元

目录 | Content

三色の家

神户来信

神田，中国留学生宿舍。

午休时分，陶展文面上胡乱搭着一张报纸，正仰躺在床上打着瞌睡。漫长的留学生涯终究要迎来终点，他总算完成了学业，顺利毕业于法学部，归乡的行囊也大致打理妥当了。

转眼便要到四月份，洒在屋内的阳光远未及三月初那般刺眼。覆在陶展文面上的报纸倒并非用作遮光，只不过是他读着读着睡着了。

午后阳光柔和，报纸上数行惹眼的头条大字，却与柔和二字搭不上边儿——“撤出国联后，我政府采取的方针”“事态紧急，非常时期将至！”“长城线局势恶化，我军吹响号角，山海关地区炮声轰鸣”。

陶展文打着鼾，报纸在鼻息的拍打下微微震动。一边儿是报纸上严峻的局势，一边儿是大学生悠闲的鼾声，两者融合，场面说不出的怪异。其实，场景中还有阵阵急促的敲门声，只不过全被安眠的陶展文给无视了。门外的人物也不客气了，索性推开门，见屋内情景，愤愤道："哼，这厮睡得倒是香甜！"

进门的男人起了坏心思。他踮着步子靠近床边，缓缓伸出两只手。瞧那架势，是打算将报纸包在友人面上，但还不待他触及报纸，手腕上便袭来一阵儿钻心的疼痛："疼疼疼疼，松手松手……"

陶展文那摊在肚皮上的右手，眨眼间便如铁钳一般死死攥住了这"潜入者"的手腕。任对方叫饶，陶展文丝毫没有松手的意思，另一只手揉着惺忪睡眼，懒散道："哎呀呀，原来是宿舍长大驾寒舍，我还以为是哪来的梁上君子呢！"

"疼呀！我叫你松手！神户的乔世修给你写信了！亏我还特意跑来给你送信。"

陶展文讪讪一笑，这才松了手。宿舍长没好气地将信封塞予他，愤愤地转身便走了。陶展文"感激"地目送其离开后，拆开了信封：

展文兄，见信如晤。

自前番展文兄来信，鄙人念及十日后将与展文兄重逢便未作回信，在此深表歉意。

此番唐突来信，皆因家父突然离世，特报丧于展文兄。家父于三日前逝世于心脏麻痹，尸检未发现异常，并无可疑之处，葬礼也于今日结束。

亏有店内同僚，与桑野商店东家的照料，店铺还不至于倒闭。但那先前提及的“大哥”一事仍是块心病。鄙人急需展文兄一臂之力，勿要再言十日后、一周后了，请尽早至神户。

不知展文兄是否有提前准备好相关法律文献？即便未做准备，也请速至。鄙人翘首以盼展文兄之到来。

信封上写有寄信人姓名，落款却未见署名。照旧俗，服丧初期书信往来，往往不留署名以表哀思。仅就这点，将乔世修那正经到近乎偏执的性格，体现得淋漓尽致。

陶、乔二人有足足三年的室友之谊。严格说来，乔并不算留学生。生长在日籍华侨家庭的他，多少与自中国本土而来的同胞有些许区别。他骨子里有股韧劲儿，却自卑于自己的腺病体质，有些抵触与人交际。唯独对陶展文这位舍友，他能推心置腹。这也归功于陶展文那特有的包容气质。

正月过后，自神户归来的乔世修便一副若有所恼的模样。至于理由，陶展文也未多做过问，只晓得那时乔父应该还生龙活虎，哪见病态。

直至乔世修毕业归乡，留陶展文一人在宿舍拾掇行囊时，乔世修才致信告知其闷闷不乐的缘由：

展文兄，见信如晤。

归国事宜准备妥当否？离京时，鄙人曾承诺不日便会返京，与兄台再会。无奈杂务缠身，脱身不得。今有急事欲与展文兄相商，神户亦有归国港口，展文兄若能改作神户登船，并顺道光临寒舍数日，则不胜感激。展文兄于我有三年同室之谊，如今，鄙人便将心中苦恼毫无保留地吐露予你——

关于家父的平生事迹，有众多传言，其中不乏夸张杜撰之说。唯有一点可确信，家父在祖国时，曾是一个摆渡船家。有传闻说，家父见财起意，杀害了个上船的富商，携款潜逃。三十年前凭此赃款，来日经商。我如何肯信？父亲虽非完人，却绝无可能做出谋财害命之举！

另有一说，家父在那时已有家室，却抛妻弃子逃亡到神户，与五年前过世的家母再婚。这点却容不得我怀疑，毕竟，有家父亲口坦白。

抛妻弃子中的“子”为男孩儿，换言之，便是我同父异母的兄长！今年正月，父亲突然告知说，这个“大哥”不日便要来日本！他还说道：“你这个大哥，生得倒未让我失望。与你这娇生惯养的大少爷不同，他至今可是尝遍了世间艰辛。你今后大可以多向他讨教讨教处世之道。”世间艰辛？荒谬！这个“大哥”为何尝遍了世间艰辛？难道不是因为家父他当年的抛妻弃子之举？这还是我认识的那德高望重的家父吗？摆渡杀人的传言，莫非不是空穴来风？

我就读中学时，有个男人将父亲过往的相关传言告知于我。此人自然也坚信，这些不光彩的传言定然是心怀嫉妒之人对成功者的恶意中伤，并表示今后再有这样的宵小之辈，会第一时间知会我。有传言说，店里掌勺的杜自忠，当年便在家父船上打下手。事实上，杜叔在店中的地位绝非掌勺这般简单，店中生意多经他手。若事出紧急，家父第一个便是找他商议，而不是找掌柜吴钦平或王充庆。如今细想，不正是因为杜叔曾是他的“帮凶”！

一周前，这位“大哥”终于露面了。如今，只知道他一身初来乍到的乡下佬气息。至于家父是如何找到“大哥”的？迄今为止是如何保持联系的？一无所知……家父是少言寡语的性子，凡事能不开口则不开口。我先前再三过问，他就一句回答：你见了面自然就知晓了。

这位乔世治“大哥”的容貌，与我兄妹俩哪见着半分相似！再谈体格，这“大哥”如牛一般壮实，反观我兄妹二人，展文兄亦知晓，皆是纤弱体质。成长环境与母方基因相异不假，但也不至于造成如此巨大的差异吧？言及此，想必展文兄也猜到我烦恼之处——这便宜“大哥”的出现，势必会给日后的财产继承埋下隐患！并非我贪慕钱财，只求为家妹守得一份应得的利益。鄙人是法盲，不知家父与“大哥”的父子关系，是否受法律认可。因此，急需熟读法律的展文兄一臂之力。

当然，此番请展文兄前来，绝非做“法律咨询”这般简单。

方才亦有所谈及，这位“大哥”的底细仍是谜，却疑点百出（见面详谈），令鄙人深感不安。说来荒唐，家妹纯竟对这可疑分子仰慕有加！家妹正值青春期，对从天而降的“大哥”心存向往，也无可厚非。说到这里，展文兄多半会将我的“不安”，归咎于对家妹被夺走的嫉妒。但我可以确切地答复——绝非如此！这份“不安”的缘由，绝非如此肤浅。

再者，家父对“大哥”的态度，也令人费解。对方可是自己当年狠心抛弃，且阔别了三十年未谋面的亲生子，家父对其的态度，不应该更僵硬、尴尬一些吗？这份应景的疼爱与亲密感，多少让人感到做作。不对劲儿，不对劲儿。但鄙人的“不安”亦非源自此处！

事到如今，除展文兄外，再无可托付之人。望君念同室之谊，速至神户，以旁观者视角辨别这位“大哥”的真伪。若其身份属实，则需展文兄鉴别，其是否有能力肩负我乔家的将来。这是鄙人最后的请求，望君勿要推托了。

乔世修

“看来，又得跑一趟神户了。”

陶展文微微阖眼，脑中浮现出纯那张黛眉微蹙的白皙面庞。

去年暑假，他到乔家做了一个月的客。纯当时刚从上海求学归来不久，乔世修可劲儿地唠叨妹妹像变了个人儿似的。陶展文不清楚眼前这美丽少女从前的模样，但现今姑娘家这满腹愁情的气质，倒颇吸引他。或许是心早飞往异乡情郎那头，亦或许是天生便是不问世事的性子，姑娘对哥哥的好友，也是爱答不理的态度。

乔家望海，屋号为“同顺泰公司”。三层建筑，一楼是红砖砌成的仓库，其余两层为白色灰浆结构，三楼望海一侧固定着一面漆成蓝色的铁皮板。从上往下依次呈蓝、白、红三色，陶展文戏称其为“法国国旗之家”。这栋宅邸在易主前，是另一家中国人的店铺。蓝色铁皮下方的墙壁上，还雕刻着当时的屋号。当地人将这栋宅子唤作“三色屋”。

陶展文从回忆中醒来，将两封信叠好塞进口袋，摊开火车的发车时刻表，“今晚便出发吧。”

可疑的大哥

神户，同顺泰公司屋顶晒场。

春日和煦，通透的阳光倾洒在晒场之上，四五十只南部特产吉滨鲍，有序地在草席上排着队列，接受着阳光的洗礼。

同顺泰少东家乔世修指了指一旁的藤椅，“陶兄，坐。”说完，他随意拉来一个空纸箱，径自坐下。

“饶了我吧，坐了一晚的船了。”

晒场地面的丝丝暖意传至足底，让陶展文颇享受，不由得多走了几步才坐下。这张饱经“日光浴”的旧藤椅，勉强能容纳陶展文健硕的身躯，但仍被压得嘎吱作响。春日的暖意透过藤椅，将他全身上下轻轻包裹。陶展文将双臂自然地搭上两头扶手，顷刻间心间春意盎然。这让他放松地解开一颗纽扣，“阳春布德泽，万物生光辉呀！”

“嗯，天气是好……”乔世修如何有心情享受明媚春光，欲言又止片刻后开口问道，“陶兄，你也见过我这位大哥了，有何看法呢？”

“看法？一顿早饭工夫，能指望我看出什么端倪？世修呀，你着实性急了些。”陶展文苦笑。

“好吧……那第一印象呢？这总有了吧。”

“唔，难说……”

见友人那不靠谱的样儿，乔世修发急了，“噌”地起身道：“我便明问吧。首先，你觉得那男人，真是个地道的乡下人吗？”

早餐那小半钟头，陶展文便不住地以余光瞟那“大哥”乔世治。男人话不多，但一口乡下口音倒是货真价实。肤色黝黑，体格健壮，硬说的话，身形体态与普通农民还是存在着几分微妙差异的。眼神中的那份迷糊，倒有几分刻意。友人会心存疑窦并不无道理，陶展文见过本尊后，何尝不是如此，“得么说呢……觉得……很勉强？感觉你这大哥，在刻意表现得像一个乡下人。”

“果真如此！”乔世修兴奋道，“陶兄也这般想，看来并非是我多心了？家父说，这‘大哥’是个地道的农民。你猜怎么着，他初次露面时，竟是一副干农活儿的打扮。即便他真是农夫，这般刻意地强调，目的何在？”

“觊觎财产？”

“唔……别看家父买卖做得大，财产倒未必见得多。”乔世修将空纸箱踢回原位，来回踱步，“你想知道，我对他生疑是在什么时候吗？他最初露面时，曾公然说‘俺不识字’。但有一日，我竟偶然遇见他在一家旧书店里翻书，而且，还是与政治相关的日文书籍！你说，这怎能不让人生疑！”

“偏颇了，或许只是乡下人好奇，胡乱翻翻呢？”

“我是那种妄下定论的人吗？其后，我继续暗中观察了一阵儿。你猜怎么着，他竟走向角落的英文书架，并陆续抽出数本书籍，翻阅了好一阵子后，才离开书店。这家书店的老板，唯独未对英文书籍做分类。文学类、技术类、育儿类……胡乱塞在一个书架里。我凭记忆依次取出了大哥翻阅过的书籍，竟发现无一例外，全为政治相关读物！这绝非单纯的偶然，大哥他会英文！自那日以后，我便开始有意地观察他的日常举动，发现他时常以余光偷瞄放在一旁的报纸，却从未拿起翻阅。以上种种，已然昭然若揭！”

“嗯，不急，继续往下说。”

“若他的身份属实，又何苦要拐弯抹角地去强调一些事实？他愈是刻意掩饰，就愈是说明他……”乔世修没敢往下说，话锋一转，“显然，他在遮遮掩掩。若能揭下他的面具，种种疑问便迎刃而解。我的洞察力与阅历不到火候，怕是不足以揪住他的狐狸尾巴，如今更是没那工夫，所以才请陶兄你大老远地赶过来。开门见山吧，你能代我细细观察那男人数日吗？以陶兄之慧眼，定能让不义之徒无所遁形！”

“呵，我好像被狠狠地拍了一记马屁。”

陶展文不置可否，只是嘎嘎吱吱地摇着藤椅。

乔世修忙补充道：“大可放心，我不会将陶兄卷进来。陶兄只需将疑点告知予我，再附上应对之策。具体施行，就不用你操心，我全权负责便是了！若是假货，不用手软，叫他滚蛋便是！即便是真货，若对我乔家心存不轨，我也自有计谋处置他。事后，陶兄你若愿意在寒舍多作逗留，我乔家自然以恩人之礼相待。若着急归国，则赠予归国船票与盘缠。总之，我乔家的命运，就托付给你了。”

“能从几本书上衍生出如此多疑点，你的洞察力也不弱。”

“家父一走，留下店铺这么大一个烂摊子，我哪有闲暇成天观察他呀。别看店里的买卖进进出出就这两件事儿，对我这门外汉而言，可费心思得很。”

父亲走得毫无征兆，乔世修这算是临危受命了。对这行当毫无经验的他，得从零学起，着实是忙得抽不开身了。

陶展文这趟大老远地赶来，初衷便是为了助友人一臂之力，自然不会再推托，“我懂了……我尽力帮衬便是，但你可别抱太大期望。”

悬在乔世修心头的一块石头落地，目露感激，也不多说，只简单的两个字：“谢谢。”

此层乍看再普通不过的民家晒台，实则为专门用于干燥出口海产物的设备。占地目视着有二十余平方米，在三楼的走廊设有玻璃门供出入。门朝南，门板为花玻璃，里外不得相视。其余三面皆有铁栏杆相围，只不过三根栏杆，都离地面颇远了些。

陶展文皱眉道：“这是不是危险了些？把栏杆安得如此高，就不怕小朋友失足落下？”

“说的是呀，好在家中无这样的幼童。”

陶展文来到东侧栏杆旁，亲身量了量高度。好家伙，别说幼童，即便是成人，稍稍弯腰也能穿到另一头去。他小心翼翼地抓紧了栏杆，伸出头来朝楼下望去。眩晕，视线尽头垂直落在一楼水泥地面上，竟无一处遮挡。直溜溜的壁面上，仅有一条自二楼屋顶延伸至仓库门旁水沟的铁皮排污管。

看来，这栋宅邸只有望海一侧呈三层建筑状，其余三面皆为二层构造。二楼屋顶为晒场，也正是此刻二人所在之处。一楼全用作仓库，为方便货物进出，在外壁周围铺有半米余宽的混凝土地面。从上望去，这一条突兀的色变很是显眼。

建筑东侧，盘踞着一栋砖块搭建的大型营业仓库，遮挡了一部分视野。视线移至北侧，唯独富士报刊神户支局高过二楼晒场，其余皆仿佛蔓延至天际线的低矮瓦房。陶展文道：“若失足坠下，有几条命都不够死的。”

“呵呵，时常会有干货掉下，可人嘛……倒未见先例。”乔世修满不在乎。

“不明白。明明有安全隐患，何必要空出这样宽的空隙呢？”

“陶兄这便外行了。”乔世修耐心地解释，“干我们这行的，不仅要靠‘天’吃饭，更得靠‘风’吃饭。行内人都不叫‘晒干’的，而是叫‘风干’。留这么大空隙，便是为了通风。”

“做得有些过了。我不认为增设一条栏杆，就能挡住好多风。”

陶展文正欲继续反驳，玻璃门开了，门内走出一个干瘦老头儿，白发苍颜，眼角微微上扬，显得有些不友善，正驼着背朝晒场走来。乔世修忙上前为二人引荐：“我来介绍下。这位是杜自忠杜叔，咱家掌勺。还记得我先前与你提过吗？他与家父是过命的交情。杜叔，这是我的同学陶展文，去年夏天也来过的。”

陶展文微微颔首，便打算上前问候。乔世修朝他使了个眼色，示意寒暄到此为止。看来眼前的杜主厨可不是个好伺候的主儿。果不其然，这老头儿对少东家与其友人的问候熟视无睹，大摇大摆地走到晒席边儿上，弯腰，骨节般的手指往南部鲍上摸了摸，这才慢悠悠地直起腰杆儿，道：“世修少爷，这些货得赶紧安排装箱了。你可得记住了，香港要的货，这火候正好。若是新加坡的货，便还得晒上一阵儿。”

乔世修的来信上说过，其先父对这杜掌勺的信任更胜过几个掌柜。如今东家已故，老人自然将教育少东家视作己任，“水分蒸发，重量也会随之减少。鲍鱼可是‘寸斤寸金’，咱在这儿耗费唇舌的当儿，蒸发的可不是水分，是钱财！注水重晒是逼不得已之策，这样品质不保，讲价上要吃大亏。质量与重量的取舍与兼顾，是干我们这行的重中之重。多说无益，你自己过来摸摸。”

乔世修在这位长辈面前活像个乖学生。他蹲下身子，有样学样地在一枚鲍鱼的腹部摸了又摸，试图去理解这“香港货的火候”。

百无聊赖的陶展文开始环顾周围的环境。建筑的西北方，是一望无际的瓦楞海洋。先前聊得投入，未察觉太阳躲到云层里头去了。

乔世修亲身体会了好一阵儿，才认输道：“不行，感受不到……

经验不足吗？”

老人满意于少东家的坦率，也不作责备，点头道：“对，就是经验！干我们这行，经验就是资本！少东家一眼能辨别出这些鲍鱼采自哪片滩头吗？我就能！晋代滩头。这就是经验了。”

说完，他目光热切地望向一列列干鲍。敢情，这老人将本该倾注于周边人的感情，全倾注在这一只只干鲍上了。

三人无话。这时，在晒场西北侧栏杆间隔处，一年轻人冒出半个身子，喊道：“杜师傅，今个儿晒场能借用不？”

“不能！”老人竟操着一口不地道的关西腔回应道，“晒完鲍，还得晒虾。”

“啥时能空出来？”

“我想想……最快，也得到明儿早！”

“好嘞，那我明儿早再来看看！”

年轻人得了答复，身子一埋，消失在三人视野中。

陶展文好奇地来到西北边缘，恍然道：“哦，这儿还安着条梯子。”

他脚下一条简单的单梯垂直通往一层空地。空地上堆满木箱与装虾用的麻袋。

乔世修来到友人身旁，说明道：“看到北面那屋顶了吗？那是桑野商店的仓库。先父与桑野东家是老交情了。我们常向他们家进货，他们则时不时会借这晒场一用。这条梯子，便是供他们上下专用的。楼下空地呢，是桑野家的地盘。隔壁的关西组偶尔也会来借用晒场，他们家后门，与空地是相通的。”

听了友人的说明，陶展文才注意到直梯上方的栏杆，是可以打开的。

杜掌勺浑然不顾少东家说得兴起，提醒他道：“咳咳，世修少爷，还不快下楼通知一郎上来装箱？”

乔世修悖逆不得，乖乖点头，悄声对身边友人道：“陶兄，我领你到外头逛逛。”

两人走出晒场，陶展文揶揄道：“你这新任东家可真威风，让个厨子大爷呼来喝去的。”

“咱这东家，只是个虚衔。如今家中，就属那老爷子最大。”乔世修苦笑。

“瞧那派头，买卖也属他管？你们一直是这样‘厨子当家’吗？”

“至少在这晒场上，他有绝对话语权。烧饭的活儿一天也就两次，其余的时间，他都耗在这儿。”

“哦哦，这般辛勤，倒是刮目相看了。”

“辛勤才见鬼。他就是上来走走过场，真正目的是上来睡午觉。家里谁人不知呀，只要不下雨，每天下午两点准时睡上一小时，分秒不差。你以为那张藤椅是干吗用的？”

晒　场

下午一点半，乔家晒场旁走廊。

这条走廊有客厅般大小，走廊一角设有佛坛，供奉着“关二爷”的画像。这位三国豪杰，如今被生意人视作守护神。画像两端，各镶有四字金箔对联：孤忠贯日，一德格天。

朝南面走，便可到乔家的卧室区域。南端尽头通向客厅，自那头飘来阵阵线香的气味儿。依惯例，留日中国人故后，必须土葬在“中华义庄”，但乔世修却不顾家人反对，执意将父亲的遗体火葬，并将骨灰坛供奉于客厅。

一通走下来，陶展文大致了解了乔家的地形，道：“你们就不怕小偷光顾？外人只要用梯子爬上晒场，很容易便可以入侵内部吧？”

“陶兄多虑了。想要进入楼下那块空地，得经过桑野家的仓库，或关西组事务所。再说了，一到晚上，我们都是确保门窗锁好的。”

“方才楼下空地可是空无一人呀！”

“工人们应该在仓库里歇息吧？我是听说，桑野家每天下午两点后才开始空地上的作业。”

女佣银子阿姨在楼梯口旁打扫，见少东家二人前来，忙让开过道。女佣的动作有些不自然，畏惧之情溢于言表。陶展文纳闷儿了，她在怕这少东家？乔世修那温和的性子，在寝室里可是公认的。

“阿姨，纯呢？”乔世修问女佣道。

“纯小姐与新来的少爷出门散步去了。”女佣战战兢兢地答复道。

两人来到楼下，陶展文才问道：“方才那阿姨，去年夏天便在你家做活儿了？”

“她可是看着我长大的。”

走到员工食堂边儿上，乔世修道：“天阴了，你要不要回房添件衣服？我趁这当儿去办公室签份文件，待会儿再会合。”

同顺泰公司的内部构造，可作为当时华侨公馆的典型范例。一楼为仓储，乔家家属生活在三楼。二楼朝南望海面，是办公区域，也就是“店头”（铺面）。朝北面是“灶脚”（伙房）。员工食堂落座在两者中间。

灶脚的占地不输于店头，如此布局遵循了“赚钱为吃饭”这一真理。“赚钱”与造“饭”的场所不可差别对待，因此，“店头”

之主掌柜，与“灶脚”之主掌勺地位相同。但在这同顺泰里，“管钱的”显然压不住“管饭的”。

会客室位于办公区域东部，与此处相对，伙房的东部则被划作员工宿舍。说是宿舍，实则只有三个简陋的小客房。陶展文去年暑假来做客时，住宿在三楼家属区。而如今，却“屈居”在二楼办公区。毕竟楼上在服丧，多少有些忌讳外人出入。

陶展文来到自己的临时卧室，也就是会客室旁的休息间添衣裳。房里摆着一张临时床铺，却鲜有人使用。反倒是添置了张办公桌，上头堆满了文件与一顶大纸箱，显然是被“征用”为办公区域了。

房间有两扇门，一头可直达食堂旁的走廊，另一头则通向会客室。推开会客室的门，视野可延伸至办公区域，乔世修正唯唯诺诺地与掌柜吴钦平攀谈，估摸着是在接受“店主学”教育。

陶展文披上了那件参加毕业典礼的西装上衣，一屁股坐到办公桌旁。桌面上散乱着数纸中文报刊，陶展文也不多做阅读，草草扫了眼标题。长城战线，商震军浴血奋战的消息霸占了大半篇幅。

友人那头不见动静，百无聊赖之下，陶展文随手掀开了纸箱盖子。箱子里满满当当地塞着誊写印刷的用具。明胶状的白色底版上，罗列着密密麻麻的蓝色字模，字体左右反转，读起来很是费神。闲着也是闲着，陶展文索性耐着性子，一字一字地埋头摸索了起来：

Shark's Fin 37 bales

……

数行解读下来，陶展文乏了。办公室那头，对乔世修进行“说教”的，不知何时换作了个高个儿中年人，估计是另一个掌柜王充庆。

陶展文推开桌旁的门窗，欲透口气。不想窗口正对着隔壁的旧仓库内侧，一片让人窒息的砖红，且不见窗户，很是煞风景。

这时，上方传来一阵耳熟的蹩脚关西腔：“一郎你又死哪儿去了？还不快上来装箱？”

陶展文将脑袋伸出窗外向上看。屋顶晒场上，掌勺杜自忠正扶着栏杆，高声责骂楼下的员工。墙面垂直，虽无遮挡，也得把脑袋伸得很外头，才能勉强看着楼顶。

再朝楼下看，一个二十岁左右的和尚头小伙儿正抬着头承受着杜掌勺的怒火。小伙儿不敢悖逆，正打算回屋内，杜掌勺的骂声再临：“你就这么空着手上来？带六张晒席上来，要晒虾了！”

小伙子肩头一震，沉默依旧，顺从地折返回仓库抱出了一捆晒席，再往屋里去。小伙子全过程虽任劳任怨，瞧那对上司爱答不理的态度，很明显，心中还是窝了些火气的。

看完这一插曲，陶展文收回脑袋，正欲坐下，却见乔世修与吴掌柜朝这头走来。这吴掌柜估摸着有五十来岁，总是一副滑稽的表情。他见陶展文在休息室内，略吃惊道：“哎，陶公子在这儿歇息吗？真是抱歉了，我有些工作要在这里……”

“不妨事，我也就是随便坐一会儿。”

“走，到外头转悠去。”乔世修抓着陶展文的手臂就往外拉。

两人刚到一楼，正巧碰见方才的小伙子扛着晒席迎面走来。乔世修一拍脑袋，“糟了，杜老爷子交代的事儿……”

“得了，还指望你？”陶展文挖苦道，“杜掌勺方才已经亲自吩咐一郎上楼去装箱了。”

下午一点四十分，关西组港湾工人集散地。

当地关西组以吸纳失业的“船工”为主。港湾搬运工分为两类：负责港口搬运工作的“岸工”，与负责将货物搬往停靠货船的“船工”。两者工作性质不同，从业者的禀性更是两个极端，陆工多老实巴交，而船工则痞气且暴躁。陶、乔二人外出，刚路过隔壁关西组事务所门前，立刻便受到了几个工人的“注目礼”。乔世修已然司空见惯，权当没看见。陶展文却无法对这些不友善的眼神熟视无睹。尤其是其中一个海工，吊儿郎当地靠着招牌，目露挑衅，右颊上的硕大黑痣更是让陶展文拳头发痒。他压低声音，与友人道：“那脸上长痣的，你认识？”

“嗯？那个痣男？生面孔呀，估计是新来的。”

毕竟是多年的邻居，乔世修对一众时常出入关西组的海工多少混了眼熟，是否是新面孔，一眼便知。

这样的答复无法令陶展文释怀。那眼神似曾相识。

两人东拐，绕行到公司仓库大门前。现在是作业时间，五扇仓门大开。一粒粒干鲍在装箱用的压榨机中无休止地打滚，仓库内昏暗潮湿，空气中充斥着尘埃与稻屑，气氛说不出的压抑。

男工们如上了发条的机械一般，扛着货物进进出出。女工们则一颗颗地筛选着仿佛无穷无尽的椎茸。报重量的喊声不绝于耳，时不时冒出几句烦躁的谩骂："你没吃饭吗？给我麻利点儿搬！""那黑色的明显不合格，你眼瞎啊？"

两人在一旁观摩了一阵子，方才那叫一郎的和尚头小伙儿，扛着满载干鲍的纸箱下楼来了。走近一瞧，这壮实的小伙儿竟还长了张娃娃脸。

正干活儿的男工见小伙子回来，傲慢地呼喝道："还不把虾子搬晒场去？喏，那里。贴着'三天印'的三袋，还有那一袋零散的。"

一郎仍旧未开口，拎起其中一个袋口，稍一使劲儿便甩在了肩上，看样子不重，估摸着是男工口中的"零散"一袋。其余三个"三天印"的麻袋，分别由三个男工负责。四人行走了几步，一郎回头，难得开口道："晒虾子得铺匀，你们谁拿把耙子上来。"

"好嘞！"一个男工吆喝道，随即进仓库取了把竹耙，跟着四人一同去了。

一行人也不进屋了，而是进了一旁的桑野家仓库。仓库的另一头，便是作业用的空地，那儿有直通晒场的梯子，可以省去好多路程。

“我们也跟去看看吧。”乔世修道，也不待友人回应，兴致勃勃地跟进了仓库。

陶展文苦笑，友人心中的小九九，他又怎会不知？仓库与桑野家的店头相通，东家桑野善作的千金辉子，最近在店里搭手。前有丧父之痛，后有对“大哥”的疑虑——友人一定在强行抑制着对心上人的思慕，辛苦得很。

振作点儿呀！陶展文想要给友人的背一巴掌，但考虑到他那弱不禁风的身板，还是作罢。换之，他给友人制造台阶道：“咱顺道儿到桑野家的店铺去逛逛吧，反正就在旁边。难得来一趟，得去与辉子小姐打声招呼。”

“唔，那，我就陪你一起过去吧。”乔世修显然口是心非。

（再往姑娘那儿添把柴，你俩就成烈火了。）

陶展文差点儿蹦出荤话，好歹忍在了喉咙里。

“‘山天’货铺那头，零货我亲自来处理。”

晒场上传来杜自忠呼来喝去的声音。陶展文抬头，这个角度是看不见楼顶的。

同乡人

乔家隔壁，桑野商铺店里头。

两人算是白跑了一趟，姑娘外出办事未归，只留东家一人看店。桑野善作身材伟岸，总是一张殷勤的笑脸。见故友之子来访，他表示了一通哀悼后，承诺道："令尊虽故，桑野还是从前那个桑野。同顺泰仍旧是我们的兄弟公司，永远不会变！"

"感谢善作叔不弃。"乔世修向对方深深一鞠躬，"初闻家父辞世时，世修真是慌了。家父生前是寡言少语的性子，即便是与家父朝夕相处的身边人，也对店里诸事不明就里，别说是常年在外求学的侄儿。好在有善作叔左右打点，总算是过了这道坎儿。"

"生意上的事儿，你们家那掌勺杜叔好像比两个掌柜还了解。"

"杜老爷子也是怪脾气，坚持要过了家父的头七才肯出山。"乔世修苦笑。

在这桑野店铺，海产批发的买卖通常集中在早上。过了中午，便要开始忙着在后仓收货。

陶展文去年夏天也来这儿参观过，掌柜矢部一眼便认出了他，难免又是一阵寒暄："哎，你准备回国？回国有什么好的，留在这儿做买卖才自在。世修正好也缺个帮手……"

不待陶展文回答，桑野东家笑骂道："你少瞎出主意。人各有志，陶小弟他是学法律的，回国捞个小官儿当当，怎么不比做生意自在？"

陶展文打了个哈哈，视线转到柜台内。有个男人从刚才起就默默地在柜台里头抄抄写写，看面孔有些生。桑野东家注意到陶展文的视线，忙道："哎哟，忘了给介绍了。这位是店里负责文书工作的郭师傅，郭文升。去年秋天才来帮忙的。"

桑野商店除国内批发外，还兼营海外供货。去年刚成为一家上海企业的供货商，便雇用了郭文升，负责中文商务信函的撰写。

对方是长辈，陶展文主动走到桌边，问候道："郭师傅您好，请多指教。"

郭师傅未起身，仅忸怩地以目回礼。这男人约莫三十五六岁的年纪，虽一直坐着，但瞧他那稚气的面庞与消瘦的身板，显然患有些许发育残疾。男人怕生，手里的活儿不停歇，以掩盖羞赧。

被晾在一旁的陶展文继续搭话道："师傅真是写得一手好字。"

"谬赞，哪有。"短短四个字，仿佛便抽干了男人浑身的气力。

陶展文无奈，只得转而打量跟前的桌面。办公桌一角立着一个相框。照片中是一对盛装的中国夫妇，妇人的腿上还坐着个幼童。照片已褪色，估摸着年代挺久远。丈夫大腹便便，身着一件宽松的长衫。他的妻子则身着胸前绣有龙凤的旗袍，这角度看去，龙的尾巴仿佛搭在幼儿脑袋上一般。陶展文端详了一阵儿，问道：“照片中人，是令尊与令堂吗？”

“嗯。”男人仍旧不敢抬头。

“这幼童，是郭师傅吗？”

男人干脆连口也不开了，默默地点点头。

陶展文的视线移到照片右下角，上头写着“光绪辛丑三月　于宣义”。左下角则另有两行不易察觉的小字：豺狼起波，肠断乡河。

郭师傅不愿交流，陶展文也不自讨没趣，回到了柜台外。桑野东家正与友人谈生意：“你待会儿先派人来搬三十箱鲍鱼回去，三十五袋虾干我明天给你备齐。”

心上人不在，乔世修显得有些意兴索然，草草结束商谈，便匆匆告辞了。

离开店铺的两人横穿荣町铁路线，直抵热闹的元町大街。两人随着人潮，向东漫步。陶展文闲聊道：“我记得世修兄的祖籍，是福建还是宣义？”

“嗯，宣义。”

“宣义吗？我儿时同父亲去过一次。相当内陆呀，我还记得你当时曾说过，日本华侨中，祖籍宣义的是稀罕货。”

“岂止是稀罕，只此一家！严格来说，有两家，如果把杜老爷子也算上的话。”

“现今有三家了。桑野家的那文书郭文升，多半也是宣义出身。”

“咦，你哪儿听说的？我听说桑野家的员工，全是福建祖籍呀！”

“照片上，就是他桌上的那张和父母照片上，写着‘于宣义’。”

乔世修沉默了。于他而言，这个故乡既熟悉又陌生。毕竟，他还从未踏上过那片土地。再者，传闻中，三十年前的摆渡杀人案，舞台就在宣义。即便是空穴来风的谣言，“宣义”这个地名，对心思敏感的乔世修而言，仍是心头上一颗硌人的疙瘩。

一路无话。两人打算绕繁华区一周，经由三丁目重返“内海岸”。“内海岸”是贯穿于海岸大道与荣町铁道之间，一条半宽不窄的街道。当地的海产出口批发商多扎堆于此。因其独特的风俗氛围，亦被唤作“海岸村”。

村中有海产商铺七十余家，内部竞争激烈。然而一旦涉及共同利益，便会拧作一股麻绳一致对外。九一八事变时，各地掀起日货倾销浪潮，“海岸村”的昔日竞争对手们建立起共同战线，熬过了最艰难的时期。

“海岸村”的空气中，弥漫着一股独特的海浪气息，其源头为曝晒在家家户户楼顶的海产干货。只要有阳光，这气息便永久不会消散。

身处繁华的元町商店街，古典的银行、奢华的商社、庄重的船厂、文艺的报社等一干现代都市建筑，亦无法阻止这一气息的弥漫。

穿过繁华地段，南拐至荣町铁路，便常有人好奇：“怎么一股港口的气味。”这或许是由于从此处可隐约望到远处的桅杆。但在感受到港口气息前，难免要先接受“海岸村气息”的洗礼。

人们总会对海滩、港湾之类的场所抱有些无聊的幻想，以至于忽视了“海岸村的气息”，甚至误以为其为港口气息的前奏。两者都是类似海潮的气味，但绝不能混为一谈。前者，严格来说是海水与钢筋水泥混合的产物。而后者——拾贝少女那纤足摩挲的沙滩，渔船成群的海滨，黑潮涌动之南海，波涛滚滚之北海……纯天然的海岸气息，蕴藏在一粒粒干货体内，交融着阳光气息，笼罩在村庄周边。

乔世修自幼便生活在此氛围中，自然不以为意。但初来乍到的陶展文便有些小感慨了：“这便是生活了！”

乔世修驻足，苦着脸道：“我又听不懂你的话了。”

收网、曝晒、装箱、搬运、上架——经历了千万道工序的海产，仿佛便是海边住民日常生活的缩影。

“听不懂？难懂的还在后头呢！流行音乐不是常这样唱吗？‘岸边的火焰’呀，‘烟雾缭绕的烟斗’呀……将这些歌词对折为锐角。这附近给我的感觉嘛，就像是匍匐在这条锐角线上一般。说白了，还是那句话——这便是生活了。”

乔世修被友人这故弄玄虚的修辞唬得一愣一愣，苦笑不已。但这份笑容，在两人行至四丁目与三丁目的交叉口时，突然消失了。

陶展文顺着友人的视线望去。前方不远处，乔世修的妹妹纯，正与一个陌生男人并肩而行。

“咦？那不是纯小妹吗？”

乔世修亦驻足，眼神复杂地望着男女的背影，语带惆怅道：“那个男人……就是我大哥。”

男女沉浸在自己的二人世界中，举止甚是亲密。

仅仅半个钟头的交流，不足以让陶展文对这位“大哥”有多么深刻的了解。对方难得开口，也是晦涩难懂的乡村方言。然而前方男子优雅的步伐，哪里与“乡村”二字搭边？即便是把他扔在巴黎香榭丽舍大道，也不会有半分不协调的感觉。

“走吧。”见友人失魂落魄的样儿，陶展文轻推了友人一把。

“啊……哦。”乔世修这才回过神儿，迈出的步子如灌了铅一般沉重。

眼见前方男女便要消失在海岸大道拐角，陶展文开口道：“你这大哥，有问题。”

“你终于相信啦！”乔世修苦笑。两人对视，深觉事态愈发复杂。

“你在第一封信里，强调了数次自己‘心有不安’吧？”

“嗯，亏你还记得。”

“你说这内心的悸动，会不会是父亲离世的前兆？”

“不可能。”乔世修断言，“我能说，我现在心还是跳得厉害吗？”

离公司愈近，乔世修的脚步愈缓。或许是因为打心底不愿回到那烦恼之地。

内海岸五丁目正中央，便有岔道通向海岸大道。出了路口，桑野商店便立地于拐角处，其名下三栋仓库紧随其后，再来，便是同顺泰大楼了。道路东面，旧仓库的红砖墙延绵至视野尽头。

两人路经同顺泰仓库门前，一年轻人懒洋洋地从库门走出，瞧见两人，招呼道：“你俩上哪儿逍遥去了？”

乔世修心里憋着事，可没心思去应付这些调侃。倒是陶展文，认出来者，便兴奋地迎了上去：“哎呀，老朱！别来无恙呀，在忙活？”

“老朱”全名朱汉生。去年暑假，陶展文曾与其通宵畅饮了好几晚。

“啊，刚忙完。”说完，老朱一把扯下搭在肩头的毛巾，使劲儿往身上拍打，顿时草屑飞扬。

“头上，头上。”陶展文提醒道。老朱的脑袋上还沾着两三根草屑呢。

“不理，反正待会儿得冲澡。”少东家在场，老朱不敢太放肆，低声邀请陶展文道，“今晚老规矩？”

“得嘞，老规矩！”陶展文答应得干脆。

三人一齐走进同顺泰大楼，上二楼去了。

噩　耗

下午两点半，同顺泰公司二楼。

“有些乏了吧？”乔世修这话，算是在问他自己。至于陶展文，虽刚经历了旅途劳顿，但短短五十分钟的步行，还不足以让他感到劳累，他答道：“太小看我了。就算再陪你走上两小时，我眼皮也不眨一下。”

“你最健康行吧。我是得上楼歇会儿。”说完，乔世修拖着步子上楼去。待少东家走开，老朱便原形毕露，贫嘴道：“你俩上哪儿快活去啦。瞧瞧，少爷都虚脱啦。”

陶展文睨了老朱一眼。他明白，友人哪是体乏，多半是上楼找妹妹，或是大哥说话去了。

陶展文邀老朱到休息室去坐坐，不想吴钦平和王充庆两位掌柜，还在休息室里忙碌。

“陶小哥回来了？抱歉抱歉，还占着这儿。”

“不妨事，我就是顺道过来看看。”

“稍等片刻，我们最后印一张便结束。”

吴掌柜说完，继续摆弄桌上的印刷器具。两个掌柜正在倒腾马尼拉出口货物的发票。这些票据除了作为通关查证，提交予美国使馆，采购方与银行也需要留底，统共要备上十来张。那年月，打字机已普及，但油印仍有市场。耗时是不假，强在比冷冰冰的机械文字要赏心悦目太多。

跟在陶展文后头的老朱也挤进房间，牢骚道：“拜托两位大掌柜，千万别再给印错了。要知道，跑腿儿的是我，要出了错，被赶出门的也是我老朱呀！”

“就你事儿多！放心吧，没瞧着王掌柜在一张张地审吗？那领事馆的铃原再慧眼，从鸡蛋里也挑不出骨头来。”

吴掌柜把胸脯拍得咚咚响，这时一直未开口的王掌柜道：“审完了，没差错。”说完，他从头到尾检查了一遍，确认无误后，便去忙其他事了。

待王掌柜走出房间，老朱犹未放心道：“吴老大，你再对照一遍呗？王老大最近相当不在状态呀，前阵子不还嚷嚷着说要辞职吗？他有认真审吗……”

“少烂嚼舌根！”吴掌柜训斥了老朱一句，下一秒却扮了个滑稽的鬼脸，道：“收拾了，收拾了。”说完，把油印工具摆回箱子里，回头又使唤老朱道，“别干瞧着呀，把桌子上的文件收拾了。”

“不妨事儿，反正我也不用桌子。”

“那哪儿成！毕竟陶小兄是客人。汉生，你把这口箱子搬前台去，我来拾掇文件。”

吴掌柜抱起靠窗一头的文件，倚靠在文件上的座钟失去平衡，眼看便要倒下。陶展文伸手将其扶正，顺便扫了一眼时间，两点四十分整。

也就是一瞬间，一道黑影自上而下掠过窗外。

“咦？”吴掌柜伸出脑袋朝窗下望去。老朱也察觉到异常，凑到窗边：“什么东西掉下去了？”

库门前一男工正抬着头，朝晒场骂骂咧咧：“哪个缺德的，把晒席踢下来了，也不怕砸着人！”

隔壁会客室的窗门也探出个脑袋，是王掌柜：“又是杜老头儿干的好事儿。只是晒席倒罢了，别连虾干也……”

王掌柜不待把话说完便缩回脑袋，紧接着从隔壁传来急促的开关门声，估摸着是下楼去了。吴掌柜见状：“我也去瞧瞧。”说完，把文件一抛，夺门而出。

掌柜这一走，老朱又开始犯浑。他“扑哧”一笑：“这俩老掌柜，都一把年纪的人了，还是爱凑热闹的性子。”

陶展文也懒得搭理老朱，继续观察楼下的动静。晒席落得不远，还在水泥地范围内。吴掌柜拍打着席上的尘土，王掌柜则蹲着身子吃力地在周围转悠，多半是在拾散落在一旁的虾干。

撇去两位忙碌的掌柜，还有两个男人在一旁观望。其一为桑野商铺东家，另一男人正巧位于视野死角处，无法辨认。直至男人向右迈出一步，陶展文这才认出，他是桑野商店新雇的文书郭文升。这时，拾虾的王掌柜抬起头向晒场叫骂：“楼上的，长个心眼儿吧！虾子也掉下来了！”

二楼的老朱又犯贫嘴了，揶揄道：“王老大，庆幸吧！这掉下的若是人，可不是拾拾捡捡就能完事儿的。”

“是呀……”陶展文深以为然，“那围栏的设计只顾得通风了，全然不把安全当回事儿。”

“准是那杜老爷子整的幺蛾子，没跑。”老朱笑道，“他那睡相你是没见识过。时而在藤椅上划船，时而能滚到木板下去。只要不下雨，每日下午两点至三点，是他雷打不动的午睡时间。这会儿，料想那老爷子多正大剌剌地躺在木板上打鼾。这席子，多半便是他迷迷糊糊给踢下来的。”

听过老朱的说明，陶展文抬腕看表——两点四十三分，确实正是那杜掌勺的安眠时分。

片刻后，楼道处传来上楼的脚步声。老朱给陶展文使了个眼色儿，笑道：“俩老大要回来了，恕朱某告退。可不能让他们逮着我偷懒。”说完一溜烟儿跑了。

老朱刚走，两位掌柜便回来了。王掌柜两手用报纸兜着一把虾干：“还好还好，掉下的虾干不多，就这些。”

“不就是些虾干……”陶展文话音刚落，吴掌柜的眉头立马拧成一团儿，他立刻补充道，“我的意思是说，掉下来的还好只是几只虾，不是人。”

两位掌柜愣了愣，皆是一副忍俊不禁的表情，看样子，是在笑话这年轻人杞人忧天了。

俩掌柜笑话的是，“天降虾干”是家常便饭，这“天降人类”可事关人命，哪是随口说说便能发生。但晒场上可不归常理所辖，这句“还好还好”还真说早了——杜掌勺没上演“天降人类”，却仍丢了性命。

照当时的惯例，商铺掌勺通常是上午外出采购当日食材，午餐从简，一天的工作围绕着正餐，亦就是晚餐而进行。在这同顺泰，伙房多半要在下午四点半左右才开始有忙碌的样子。

给杜掌勺打下手的，有他的妻子秋子，还有一个叫李西海的小伙子。事发当日，时至四点半，杜掌勺未现身于伙房。秋子估摸着老伴儿还在晒场上忙碌，便领着小李先着手切菜。两人拾掇完食材，眼瞅着五点，仍不见掌勺下楼，秋子这才上楼去唤自己的老伴儿。

三楼晒场旁那供奉关二爷画像的房间里，乔家小姐纯正静静地翻看着小说，侍奉在侧的女佣银子专注于手中的针线活儿。上楼的秋子与大小姐行礼后，推开玻璃门走进晒场，不一会儿工夫，却惊慌失措地闯回房间里。

纯发觉这位厨房阿姨的神色有异，关切道：“秋子阿姨，你怎么了？”

只见秋子面色惨白、双唇抽搐，哪儿还能发出声来。她举起如筛子一般颤抖的手，指向晒场。此举仿佛已榨干了她全身的气力。

纯这才意识到事情不妙，她不安地走进晒场，发现掌勺杜叔一动不动地躺在藤椅旁，脑袋周边的一摊殷红，足以证明这绝非是睡相差那般简单。女佣银子紧随女主人身后来到晒场，老少两个女人这才抱作一团，放声惨叫。

在卧室中歇息的乔世修闻声，开门问道："谁在喊叫？出了什么事？"

乔世修离晒场最近，其对面便是新来的"大哥"乔世治的卧室。慢了半拍后，"大哥"也从卧室内探出个脑袋，问道："咋的了？"

女佣银子拖着惊魂未定的步子，将噩耗传达至二楼办公室。二楼的员工闻言，争先恐后地往现场赶去，倒是把楼梯口堵了个严实。陶展文待众人上楼后，才得以上楼，中途还被后知后觉的厨房小李从腋下抢了个先。一番喧闹下来，陶大侦探倒成了最后一个抵达现场的人。

杜自忠的尸体仰卧于木板上，以后脑部为中心漫延出的血液染红了一旁的晒席。藤椅的靠背上也沾着几点瘆人的血红。

铺在木板上的晒席早不似方才那般平整，本该整齐排列的虾干散乱一地，堆叠在一旁的纸箱倒塌在地，有几个还沾上了飞溅的血迹，尸体的右手紧紧攥着装包用的铁锤，无一不重现着案发时的惨烈搏斗。木板上残有数行纵横交错的脚印，所经之处的虾干被踢到一边儿。木板上原本有两张晒席，如今一张偏移至晒场边角处，另一张则为方才坠楼的席子，不难想象是死者与凶犯搏斗时，误踢下楼的。

陶展文粗略分析过现场状况，拍了拍乔世修的胳臂："先报警吧。"

老朱从人群中蹿出："我去报！"说完便跑回屋内。

陶展文继续对愣神儿的友人道："乔兄，这便是你的'不安'了？"

"……谁晓得。"乔世修仍未回过神儿来。

"给个忠告：警方到来之前，还是让大家伙儿别再糟蹋现场为妙。"

乔世修这才如梦初醒，当即拿出一家之主的派头，将凑热闹的员工遣散。

少东家放人，众人如蒙大赦，这"热闹"可没人愿意凑。王掌柜单手紧紧捂着口，估计腹中在翻滚。吴掌柜差点儿没将脑袋缩进肩里，瑟瑟发抖。厨房小李的嘴唇失去血色，眼瞅着便要晕倒。

至于凶器，再显然不过，便是躺在尸体脚边的这把钉耙。钉耙为木制，耙部与柄部的接点处安着一块铁板加以固定。铁板上淌着仍未干透的血迹。

山口、大分两县为出口金钩虾的重要产地。论品质，山口虾是当仁不让，但苦于量少，价高。于是乎，将两者混搭后再行兜售，变成了业界默认的"潜规则"。所谓混搭，当然不是简单地将两者装进同一袋子便完事。精髓之处在于将两者完全融合，统一品质。

业界称此工序为“铺匀”，简单来说，便是将两种品质的虾铺撒于地面，以钉耙细细混合。这“铺匀”用的器具，多半便是夺走杜掌勺性命的凶器。

晒场旁的小房间内，死者遗孀秋子失魂落魄地瘫软在方才银子所坐的椅子上。这阿姨也就五十上下年纪，却如干瘪老太一般显老了。她此刻正以手帕捂面，看不清是什么神情，肩头微微颤抖，显然是在抽泣。和尚头小伙儿一郎静静地站在一旁，陪伴着母亲。

去年暑假来访时，陶展文便闻知这一郎，是秋子与前夫的孩子。

小伙子轻搂母亲消瘦的肩头，安慰道：“妈，不明白你哭个什么？为那人落泪，值得吗？”

画中的关二爷手拂五绺长髯，怒目圆瞪，凛凛地注视着眼前的母子俩。

含糊的证词

厨子没了，乔家上下凑合应付了晚餐，便进入了警方的盘问环节。

陶展文的房间被警方征用为临时据点，只得与众人一同到会客室听候传唤。相关人员被轮流传唤进房间，问题无非便是案发当日，尤其是下午两点至三点的行踪。不难猜想，据警方的尸检结果，死者多半是毙命于2—3小时之前。

会客室中气氛凝重，空气仿佛凝固了一般，再加上两名负责看守的刑警在一旁虎视眈眈，更是没人愿意做那开口的出头鸟。

新来的“大公子”不会日文，警方急需一精通中日双语的局外人协助通译，陶展文自然是不二人选。于是，陶展文得以旁听警方对“大哥”乔世治的盘问。

负责盘问的警官做着笔录，懒洋洋的眼神不住地往两个年轻人脸上扫视：“乔世修的兄长？这么说，您是乔家长男？哦……

同父异母。入籍了吗？”

“户籍”一词可不易解释，来回纠结了许久，陶展文搬出“亲子关系的书面凭证”，“大哥”才一拍大腿：“俺晓得了！就是那时在文昌祠，衙门的人写的那张玩意儿吧？”

陶展文自然晓得“文昌祠”是何地，福建山区某村庄嘛。但如今再扯出这莫名的“文昌祠”，也只是自寻麻烦。陶展文可不愿做个单纯的翻译机器，他凭自己的意思转述道：“这位先生不晓得‘入籍’是何意，听语气，多半未曾入籍。”

“莫非是私生子？”警官皱着眉，暗道麻烦。

“谁晓得，问本人也是白搭。”

警官脱力地瘫软在座椅上，苦笑道：“那便伤脑筋了！中国的农村人口何止数亿。他这连户籍也说不清，叫我们从何查起。”

深蓝西装，慵懒的神态，有别于往常警察那般咄咄逼人的态度——眼前的警官那独特的气质很是对陶展文的胃口。警官深感交流障碍，将炮口指向看上去靠谱些的陶展文：“如此说来，这男人还不算正式的乔家长子？难道乔全祥重婚了？还是说与中国的妻子离婚了？该不会是传说中的‘侧室’吧？你们中国好像兴那套。你说他是乔家后人，好歹拿出个证据出来。”

陶展文被问得头大，索性撂了挑子：“我个外人知道什么？细节得问乔世修。”

至于案发当日的行踪，“大哥”表示当天午餐后，应妹妹纯的邀请外出散步去了:“纯妹带俺路过火车跑的铁疙瘩，另一头，有好多好多又高又漂亮的店铺。”

“嗯？噢噢，是元町那头？”警官也疲于追问了，索性靠自己理解。

“叫啥名儿纯妹说过，俺给忘了。然后，俺俩继续登了一段坡。”

“坡？花隈坡道？”警官耐着性子追问，但不出所料，“大哥”仍旧一脸茫然地摇头。

“大哥”的回应总是吭吭哧哧，语不对话，一副魂游物外的茫然样儿。一通翻译下来，陶展文着实身心俱疲。他甚至连回家的准确时间，也道不出个所以然:“俺没带表，怎么会知晓，反正就是下午。具体几点，你可以问纯妹。”

“好吧。回家后呢？你做什么了？”

“一回家就窝房里头，闲得慌便躺床上打盹儿了。那床比俺村的炕头要快活得多，睡得可香啦。”

“大哥”仍是一副二愣子表情。但有了下午偶遇的那一幕，这副神态在陶展文眼中是怎么看怎么做作。且不说，真正脑袋不灵光的人，会不会如他一般脱口便是荒唐滑稽的浑话，但细听之下，不难从这些滑稽的回答中听出几分嘲弄的味道。警官不明就里，或许会被蒙在鼓里。陶展文眼尖，“大哥”在做出回答前，总会面浮蔑笑。陶展文将这些浑话转述予警官时，更是露出忍俊不禁的神情。

莫非“大哥”懂日文？陶展文的脑海中不禁回忆起友人在旧书店中目击到的那一幕。然而警官却被绕进圈子里，甚至起了戏耍乡下人的心思：“不知先生您有几房妻妾呢？”

陶展文有意拖延了数秒再作翻译。果不其然，不待陶展文开口转达，“大哥”便面显不快之色。

“问俺？光棍儿一条！纯有说过要给俺寻个对象，俺就等着吧。”

盘问进入了瓶颈。这时，一个年轻警察推门进来：“富永前辈……”他向警官耳语了数句，两个警察随即离开盘问室。过了有一阵儿，富永警官一人回来，一转方才懒散的态度，瞧“大哥”的眼神很是不善：“请二位回隔壁会客室稍歇，不要擅自走开。”

陶展文也懒得翻译，打了个手势，“大哥”得令，晃晃悠悠地随他离开房间。轮到纯接受盘问，她在兄长担忧的眼神下，坦荡荡地走进房间。纯还在盘问室里一时半会儿还未能出来，另一个警察却将女佣银子传唤至厨房。老朱的好奇病又犯了：“哎，奇了。他们方才不也问过银姨话吗？”

继纯之后，警方对吴钦平与一郎的盘问也相继结束，但仍未见银子从厨房回来。直至晚八时，两名负责看守的刑警也各自收队。出乎意料的是，他们带走了“大哥”，还直接从厨房带走了银子。收队前，警官富永不忘与乔世修打了声招呼：“女佣小姐今晚便可回府上。至于您兄长，怕是要委屈他在署里过上一夜了。”

“但兄长他不懂日语，多有不便吧？”

“这点您宽心，我已联系署里备好了翻译。”

一旁的“大哥”仍是一副无知者无畏的表情，银子则战战兢兢，甚至与众人目光交汇的勇气都没有，始终垂着个脑袋。讲真，一句“阿姨”还真把银子喊老了。她年不过三十许，圆盈盈一张面庞看上去甚至有些稚气，标准的“女佣脸”。平日里总是带着微晕的双颊，此刻血色尽失。乔世修瞅了眼颤颤巍巍的女佣，道：“天已黑了，银姨孤身一人回来怕不安全。警署那头完了事儿，能否电话通知一声儿？我好派人去接。”

“不劳您跑一趟，署这头后半夜会有同事到府上交接班，届时会顺道将银子小姐送回。”

在楼梯口，银子求助似的回望大家伙儿。这泫然欲泣的眼神，让众人有些招架不住，更是不知该如何回应。他们索性面面相觑，以避开这无奈的气氛。

陶展文以局外人的视角，在一旁目睹了事件的始终。他将视线漫无目的地聚焦在天花板的某一块污渍上，脑回路高速运转，试图为这一切寻求一个合理的假设，但到头来还是白费脑筋。他收回视线，恰巧瞧见纯离开送别的众人，一人回到会客室里去了。

纯毕竟是个未经世事的少女，初逢身边人死于非命，她内心受到的冲击可想而知。她的贝齿深深嵌入娇嫩的唇瓣，手中的白手绢被拧成麻花，娇躯如受惊的小动物一般瑟瑟发抖。双眸泪痕未干，白皙的瓜子脸比起往日多了分朦胧之美。

警方对此次案件的保密工作还算到位。直至九点，才陆陆续续有媒体记者赶来抢头条。富士报社的记者小哥拍肿了大腿："你说这近在咫尺，怎么就没听着半点儿风头呢？"

路过的吴钦平瞅着懊恼的记者，打招呼道："哎，这不是隔壁的鹤田大记者吗？"

"吴掌柜，久疏问候。"记者鹤田立即上前寒暄。看样子，两人是旧识。

初为遗孀的秋子自然是长枪短炮的焦点，她的双目已失了魂气，呆呆杵着，连闪躲的力气也不剩了。倒是一郎一个劲儿地驱赶着围攻母亲的记者："拍够没有？回家拍自己老母去！"

乔世修则在记者的巧追猛打下，重复着一遍又一遍相同的说辞："杜自忠是我家掌勺，与先父为旧识。早在我出生前，便在店里帮忙了。老人家性子是古怪了些，但无论如何也没理由招来杀身之祸！凶手？不不不，我毫无头绪。"乔世修一面应付着记者，还不忘时不时打量一郎的反应。

值得一提的是，其中一名值守警察，专程到"大哥"卧室内调查了一番。

自事发起，大家伙儿的注意力都集中在应付警方与记者。如今，随着最后一个记者打道回府，众人心中那根紧绷着的弦也应声而断，重新被拉回冰冷残酷的现实中，一阵虚脱感随之袭来。

在二楼会客室的刑警让一波波署里的电话搅扰得不得安宁，索性将窝挪到了电话机边儿上。

眼瞅着便要过十点，警方放人，允许外宿的员工可暂行回家稍歇。同顺泰仅有四名员工外宿。其中，负责店里联系的谢姓老人，一早便请假去忙活儿子的相亲。负责采购的日本员工，因盲肠手术请了两个多星期的假。因此，回家的仅有王、吴两名掌柜。坐办公室的员工，除去以上四位，还有三人，全员住在宿舍。分别是老朱，平头小伙儿山崎一郎，少东家乔世修。伙房小弟李西海在闲暇时，也会帮办公室这边跑跑腿儿，也算是一个吧。

纯坐不住了，把泪水已干涸的秋子送回厨房里屋歇息。一郎见母亲被带走，赶忙跟上。过十点，乔世修接到了一通电话，瞧那模样，不像是警方打来的。通话末，他沉重地道歉道："世修改日会亲自登门致歉！嗯，回见。"

他挂了电话回到会客室，到陶展文身边，悄声道："刚是桑野东家来电，警方也到他们那儿去问话了。"

"那是自然！"桑野家后院有直梯可通往乔家晒场，自然是脱不了干系。

自己失火，殃及桑野家，乔世修很是歉疚："唉，真是对不住桑野东家……"

纯安置完秋子回房间歇息后，再次出现在楼梯口，她也不作停留，径直往三楼去了。乔世修见状，担忧道："银姨不在，三楼就只有一个警察……"

"担心的话，跟上去看看不就好了。"陶展文道。

乔世修听从友人建议，向待在电话旁的刑警递去一个告罪的眼神，便急匆匆上楼去了。

转眼十一点，银子在一个便衣警察的陪同下归宅。新来的警察与会客室的众人打了个招呼，便上三楼去了。之后，也不见有警察下楼来，看样子，方才那警察是来增援，而不是来替班的。又过了半个钟头，二楼的刑警接了通来自本署的电话，便到楼梯口，冲三楼的两名同志喊道：“上头命令收队了，快下来！”

一家之主乔世修起身送客。老朱八卦地凑到陶展文耳边道：“哎，你说这警察收队，是不是逮着犯人了？”

“不对劲儿呀！你们家大公子，应该有不在场证据才对。他今天下午回家后，便在卧室里歇息吧？期间，纯与银子便一直在晒场旁的房间消遣。他若要到晒场行凶，不可能逃过二人的眼睛。”

“也是……”当着少东家的面儿，老朱可没胆量由着性子编排人家兄长。但乔世修全然未将两人的对话放在耳边，忽然转过头来对陶展文道：“陶兄，本来便有求于你了，不想还把你牵扯进命案。待事情平息，我定会加倍补偿予你的。但现在，我得陪在纯身边，她的情绪依然很不稳定，恕我失陪。”说完，便匆忙上三楼了。

见人们都走了，老朱摇醒了蜷缩在沙发一角、昏昏欲睡的小李：“小娃子回自己房里睡觉去，警察收队了，今晚应该就到这儿了。”

小李今年刚满十六岁，正是渴睡的年纪。让老朱没轻没重地这么一晃，差点儿从沙发上蹦起来。他打了个哈欠，飘飘忽忽地回冷库旁那不足十平方米的小窝里去了。

打发走小李，会客室中便只剩下陶展文与老朱两人。老朱这才神秘兮兮地道出了心中想法："老陶，你方才说'不在场证据'，没错，那'大哥'午饭后，的确是与纯小姐外出散步去了。但别忘了，他们二人，可比你与少东家要早一步到家。我看得真真儿的！时间在两点半左右，那两人沿着海岸大道，打东面回来，前后约莫数分钟，你与少东家才出现。纯小姐的证言是这样的：他们一着家，就上了三楼。自那后，自己就一直在关二爷旁读书，期间，未见到有人进入晒场。这充其量只是她的一面之词。老陶你可能不晓得，纯小姐对这新来的'大哥'可是护上了天。在我看，只要是事关这个'大哥'，纯小姐的证言，可信度不高！"

"嗯，有理。"陶展文点头。

"除去纯小姐，当时在那房间里的还有女佣银姨和'关二爷'。'关二爷'嘛，咱就不指望他能开口做证了。但银姨就不一样了。瞧今晚的阵势，怕是银姨已向警方如实招了，要不，警方怎么会单单把'大哥'扣在署里？"

老朱言罢，还不忘警惕地扫了眼周围，显然是担心隔墙有耳。陶展文见老朱那谍报工作者的样儿，笑道："你这样上心，直接去问问那女佣不就得了。"

老朱摇头："银姨这会儿哪还有胆子吱声呀。若我猜得不错，她可是公然与自己的大小姐唱起了反调呀！被扫地出门也不足为奇，你也看到了吧，纯小姐方才那态度，哪有平时温婉的模样。"

“你的说辞确有几分道理，也解释了警方采取的措施——银子举证，‘大哥’嫌疑重大。我唯一想不通的是，警方为何没把纯带走问话？她与女佣的证言相左，警方能放过她？”

老朱做侦探上瘾了，煞介有事地分析道：“你说有没有这种可能——大小姐把给我们的那套说辞，接受警方盘问时，在追问下如实坦白了。双方证言一致，警方也就没必要带走两人了吧。”

“我一直在观察，纯小姐走出盘问室时，神色并无异常，哪有半分做贼心虚的模样。你所描述的一反常态，是在‘大哥’被带走时才出现的。由此可见，她举证‘大哥’去过晒场的可能性，不大。”

推测让陶展文一一推翻，老朱不免兴致索然，但仍旧不服输地道：“细节谁能说得清，我的假设在大方向上，应该没有跑偏。”

乔世修正在先父灵前祭拜，一阵阵浓郁的沉香，在二楼便可隐约闻到。照中国旧习，戴孝期间，家中女性得在故人灵前放声恸哭。然而在这“三色屋”中，却不兴这一套。家中独女纯作为新时代女性，最为反感的就是此类做作的形式主义。至亲过世，痛在心，而不在“声”。

乔宅内，线香所营造出的“死亡”氛围尚未消散，如今又笼罩上了一层“血腥”气息。即便杜世忠的尸首已被警方带走解剖，这一瘆人的气息却久久不能散去。

就寝后的陶展文久久不得入睡，自迈进乔宅起的一幕幕，仿佛旧胶片一般一一在脑海中掠过。

死者杜自忠与乔全祥是同乡，更有发小之谊。如今乔全祥辞世，能证明“大哥”身份真伪之人，便只余下这杜自忠。这层微妙关系，是否左右到案情？

“大哥”被警方带走后，纯的情绪剧烈起伏，也令人不得不上心。谈论到纯的外形气质，以古语言之可为“窈窕”。在外人眼中，她宛如生长于温室中的一轮雏菊，典型的大家闺秀。但深入接触后，便可发现其进步女青年的一面，与寡言少语的兄长相反，她性子好强积极。兄妹俩性格之迥异，从各自的求学经历便可窥探一二——乔世修老实听从安排，就近在日本读了大学，而纯则说服父亲，只身远赴上海求学。

陶展文想起了乔世修的委托——监视“大哥”。如今可好，由警察给代劳了。

自己这位友人着实值得同情，方离开校园，本该是踌躇满志的时候，却遭逢家父猝亡，临危受命扛下家业重担。屋漏偏逢连夜雨，家中又出了命案。他那张原本就算不上开朗的脸，如今更是如哈姆雷特一般苦大仇深了。千年前，圣人黄帝驾崩，葬于桥山，便有了负责守墓的“桥”氏一族，后“桥”姓又简化为“乔”。如此说来，乔世修倒是守墓人的后裔，那苦闷阴沉的表情莫非是继承祖上不成？再者，三国名士桥玄生有两女“二桥”，均为倾城之姿。再看看如今的纯，“桥”氏一族或盛产美人？……

胡扯了，话返原题！女佣银子那战战兢兢的神情，也惹人生疑。

案发后倒罢了，她在案发前便是那般模样。

目中无人的一郎，神秘兮兮的郭文升……

恍惚间，陶展文的大脑逐渐不听使唤。守墓一族，绝色“二桥”……这些稀奇古怪的分镜，翌日一睁眼，便会被阳光融化得干干净净。

意外的收获

翌日天刚蒙蒙亮，警方便赶来对案发的晒场做二次取证。

大家伙儿今天好歹没被限制人身自由，但外出前得主动将行程告知警方，以便随时听候传唤。少东家乔世修在早餐前便向警方“告假”：“我待会儿得去趟隔壁桑野，得向桑野东家正式道个歉。”结果，忙前忙后过了九点半才脱身。陶展文闲着无事，便跟着一同去了。

“海岸村”的一天开始得很早，这也是独特于周边区域的习俗之一。清晨七点，隔壁的荣町与海岸大道的商社还门户紧闭，“海岸村”的七十余家批发商已然是门庭若市。年轻力壮的店员小伙子们争先恐后地赶赴今天的战场，掌柜们则坚守着各自的“阵地”，商战一触即发。

“海岸村”出售海产、椎茸、寒天、罐头、水果……吃穿用度，应有尽有。其中出口海产贸易，基本被华侨商人垄断，全“村”

成了华侨商馆的海产供应商。村民们给这些衣食父母取了个绰号——“屋”。才过七点，便可见“屋”那头的人零零散散地出现在街道上。这帮异乡人，或操着一口流利日语，或勉强能讲价交流，不停歇地游走于大大小小的商铺之间。

“屋”没有固定的聚集地，除去“海岸村”的中心部——“内海岸”，“屋”分散在村子周边。海岸大道上仅有数家，同顺泰就在其中。大多数则聚集在内海岸与海岸大道的中间，或日本邮船后边。原滞留地那头，更是有几处老牌的大“屋”。其中，广业公所（广东系商会）旗下商馆，也就是“广东屋”最为势大，约五六十家，福建公所旗下的“福建屋”与“台湾屋”二十余家，以“上海屋”为主的三江公所（浙江、江苏、江西）十余家，最后是数家俗称“北帮”的天津籍商馆。

上述“屋”，并非全部从事海产贸易，其中还不乏针织“屋”与杂货“屋”。有些“屋”没有固定从事的行业，平日里卖卖杂货，有海外订单时，则摇身一变成为海产批发商。但与“海岸村”有固定贸易往来的“屋”，还是在半数以上。

各“屋”的海产采购员，每日清早便雷打不动地造访“海岸村”。他们混在村中，或与竞对讲价，或采购备货。这项工作还有个别名——“巡店”。

批发商铺的构造大同小异，用于出售的商品储藏在周边仓库，店内仅放有数箱用作样品。每天清晨店门一开，学徒们便用手推车，从仓库中运出样品，摆放在自家店铺门庭处。“屋”那头的采购员仔细验货后，与掌柜磨了一阵儿算盘，吆喝道：“这种货，三十袋，今天内运来我家仓库，劳驾。”

综观全日本，怕是找不到第二个如“海岸村”一般，中国人与日本人和睦相处的地方了。例如说，乔家与桑野家的关系，在当地圈子内可是有口皆碑的。

直至九点半，“海岸村”的商场接近尾声，周围的商社才陆续开业。

桑野店铺门可罗雀，只有东家桑野善作与掌柜矢部两人在整理账簿。乔世修走到桑野东家跟前，郑重地九十度鞠躬：“我家出了那档子事儿，让桑野叔叔也受了牵连。虽知道于事无补，世修还是想来正式向您道声对不起。”

桑野东家忙招待乔世修坐下：“乔世侄这便太见外不是？但这回的事儿，可闹大发了，你们家杜掌勺他……”

乔世修只敢半个屁股着凳，愁道：“唉……你说杜叔他好好个人，不过是性子古怪了些。究竟是谁下此毒手？”

“听你店里的伙计说，你那刚从中国来的兄长，让警方带走了？”

“谁知道警方在打什么算盘。大哥昨儿和纯刚过中午便外出散步去，比我与陶兄早一步到家。他说自己回家后就窝在卧房里歇息，听到骚动才出来。在晒场门前看书的纯也证明他期间确未进入过晒场。我是跟着他到三楼去的，他应该没有撒谎。”

“两点四十分。昨儿警察来我这头盘问时，曾多次问及这个时间点，你知道是为什么吗？”桑野东家问道。

“这很有可能是杜叔与凶犯搏斗的时间。”乔世修指了指身旁的陶展文，“陶兄昨儿告知警察，晒席从晒场落下的时间，正好是两点四十分。一同在场的小朱他们也只大致记得是两点半以后，也不知他的脑袋是怎么长的。”

“晒席落下时，我也在场，我当时正在后院清点下午要送到你家的货。警方也问过我时间。我们家后院儿每天下午两点半开始装箱。我昨儿是让他们装箱了一小会儿，才到后院去清点，大概十分钟模样吧。所以，正如陶小兄所言，是两点四十分没错！”

“家妹纯也证言说，那会儿听到晒场那头传来纸箱倒塌的声响，女佣银姨也说自己听见了。晒场那头成天都有纸箱的动静，两人就没怎么上心。只觉得有些许奇怪，毕竟平时这会儿杜叔都在午睡。但她们还是没有去一探究竟。”

桑野东家转向陶展文，钦佩道：“陶小兄，你这记时间的功夫，真是了得。”

“当时，凑巧桌角有个座钟，吴掌柜差点儿把它弄倒了，我伸手扶了一下，就顺道瞄了一眼时间。下一瞬间，晒席就掉了下来。钟上的时间是准确的，我事后还专门拿手表对过。”

这时，掌柜矢部将整理完毕的账簿交予东家审阅，兴致勃勃地加入分析案情：“世修少东家，听您方才说，纯小姐听见纸箱的声响，就没半点儿动作？”

“嗯，她说当天下午，她看小说看得入了神，就没离开过晒场旁的房间，女佣银子也一直在一起。”

“有没有可能是太入神了，以至于有人出入晒场都没察觉到？”

“笑话，能入神到经过眼前的大活人都看漏了？再者，一旁还有做针线活儿的银姨呢。她俩可是言之凿凿，笃定没人出入晒场。”

“这便说不通了……”矢部转向自己的东家道，“昨天，咱后院的活儿是下午两点半准时开始的。直至乔家那头发现杜掌勺尸首，在后院忙活儿的伙计，就没见着有人从直梯下来。如今，同顺泰那头也可以确定没人出入过晒场，凶犯长了对翅膀，能飞天出入现场不成？”

“插翅也难吧……”桑野东家答道，“即便两点半前后院空地空无一人，别忘了，要到那儿去，可得经过咱家仓库。不对不对，要到那空地，还可以从关西组那头走。问题不在于凶犯如何进入现场，而是在于，他是如何逃离现场的。”

“有道理！进入晒场的机会多得是，要逃跑可就不易了。姑且就算两点四十分以后吧，咱家空地这头十几双眼睛，同顺泰那头，又有纯小姐与女佣坐镇。那晒场，还有其他出口？不会是东侧吧？那还真得有双翅膀了。”

“西侧呢？西面是关西组，但晒场离他们家阳台，怕是还有些距离吧？世修，你怎么看？”桑野转而问乔世修道。

“跳过去？可能性不大……”

“如果是撑杆跳的话……得了，这样大阵势，不可能逃过我家后院那十几双眼睛的。再说，那么长一个杆子从楼上掉下，那动静得有多大。”矢部不住地摇头，回到了柜台里。

“咱家阳台离得近一些，有无可能是……”桑野东家不待说完，便立马否定了自己的观点，“不可能，那样更显眼。再者，咱家阳台上铺着一张铁皮，在那儿着地，声响堪比爆炸。”

陶展文在一旁默默地旁听着三人的分析，脑中也有自己的算盘——趁周边无人时，一条绳索便能勉强攀爬上去，但逃离呢？西边的关西组，说实在的就是一栋小平楼，而同顺泰的晒场在三楼。即便凶手真使出了撑杆跳，硬着陆后有可能安然无恙？

苦思无果，陶展文将视线转到柜台内那新来的文书身上。这郭文升从方才起，就无视四人的对话，一本正经地埋头抄写。说来他也倒霉，正想抬头偷瞟众人一眼，却与陶展文投来的视线碰个正着。他立刻埋下脑袋，单手支着下巴，用圆珠笔轻敲着鼻尖，作苦思冥想状。那强装自若的模样，连陶展文都替他感到尴尬。

案情分析进入死胡同，这时桑野辉子外出归来，一进门就瞧见隔壁的乔少爷，笑靥如花道：“世哥哥，你来啦！昨儿可累坏了吧？”

“啊，嗯……”在心上人面前，乔世修那不善言辞的性子更是表露无遗。

辉子抛开窘迫的乔世修，径直走到父亲跟前，翻开银行账册，简要汇报了一通。桑野东家点头：“嗯，嗯，懂了。”

陶展文在一旁瞧得通透——辉子办起事来雷厉风行，与少言寡语的乔世修相比，倒真多了几分当家人的味道。这两人若能凑成一对儿，还真是有看头。

忙完正事，女孩儿这才有工夫搭理旁人。她拉了张椅子，往乔世修身边一坐，直言不讳道："世哥哥，你那大哥真是凶手吗？"

"可能性不大……"乔世修不想再多探讨这个问题，"我方才也与令尊说过了，他有不在场证据。"

"最后一个见着杜叔的是谁呢？"

"昨天下午快两点，有一帮伙计扛着虾干到晒场去，最后看见杜叔的，多半便是他们了。对了，杜叔的继子一郎也在内。你也晓得，咱家杜叔从不准他人在晒场工作，便把他们赶了下去。"

"这些人是直接爬直梯上晒场去的吧？"辉子此刻的神情，活像个好问的小学生，"有人从你家三楼出入晒场吗？"

"有是有……一郎在更早些时候，曾扛着晒席去晒场。但那之后，我家女佣银姨就一直在晒场前的小房间做针线活儿。她证言说，期间没人进出过晒场。"

这最后一句话，乔世修说得也没几分底气。银子自从警署回来后，情绪就没镇定过，鬼晓得她与警方说了什么。她与两位家主人发誓说，自己只是反复声称案发时间前后没人进出过晒场，绝未做出对"大少爷"不利的证言，但纯却兀自不信。来自主人的怀疑——这是这位侍奉乔家二十载的忠仆最无法接受的。

辉子却对这句话上了心："银姨说自己，昨天下午一直待在那房间？”

“嗯……一步都未离开过。”

“这就怪了……”辉子又犹豫了片刻，这才笃定道，“昨儿下午我与植田叔叔外出办事儿回来，路过门前大路时，瞧见银子阿姨在你们公司门口，不对，那儿应该是关西组门口吧。那时是两点多的模样。”

“两点多？不对呀，你不会是认错人了吧？”

“我这双数钱的眼，能把人看错？她当时，和一个矮个儿‘海工’鬼鬼祟祟地说话，根本没注意到我们俩。”辉子怕乔世修不信，不容置疑地补充道，“我看得真真儿，那‘海工’脸上长着颗黑痣。你不信，大可以去找来问问。”

听到“黑痣”，沉默已久的陶展文坐不住了，追问道：“黑痣！辉子，你刚才说……那人脸上有黑痣？”

“哎哟喂，这不是陶大哥吗！”辉子腾地从椅子上跳起。她这才注意到低调地坐在角落的陶展文。去年暑假，他们三人曾一块儿去远足。

陶展文来到姑娘跟前，礼节性地寒暄：“辉子，别来无恙。”

姑娘因陶展文的突然出现，乐得合不拢嘴。她父亲则一脸溺爱，调笑爱女道：“我倒乐得她‘有恙’一些，省得成天上蹿下跳地，给我添麻烦。”

“怎么？老爹这就嫌我烦啦？女儿我还是早些出嫁吧。”

桑野东家让女儿的回击逗得前仰后合，可以看出，他相当以这个女儿为傲。

“对了，老爹……”辉子神色一凛，“给同顺泰的三十五箱虾，原计划什么时候交货？那头今天怕是没工夫收货了。世哥，交货期要推迟到明天吗？”

“唔，要不要呢……”辉子快言快语雷厉风行，乔世修的答复却含含糊糊不着重点。桑野东家也追问道：“收个货而已，应该不妨事吧？”

“应该没问题吧……”乔世修稍作思量，明确答复道，“那就麻烦桑野叔叔明天之内把货送到我家仓库来吧。杜叔的葬礼计划在后天举行，在那之前，得把工作料理妥当才行。”

公事、私事告一段落，话题转移到海产业界的生意经，这可是桑野东家的主场了。

“要我说呀，依据海虾产地的不同，统一制作工艺与包装方式，是大势所趋。瞧瞧如今……明明是产自同一片滩头的货，因产家不同，制作工艺千奇百怪。不说远，即便是隔壁家，单单是腌制的火候，便有各自的做法。家传秘法？也不看看是什么年代了！产家愿意统一工艺，也就直接替咱采购商省去了大半‘铺匀’的工夫。再说这包装吧，你们知道，大分县那帮牲口都用多少贯的俵吗？四十五贯！这年月，你让我上哪儿找能扛动四十五贯俵的搬运工去？包装方式的优化势在必行！我宁愿他们用苹果箱包装，一箱正好能装六贯。世道不同了，如今‘倾销’四起，日本海产再这样故步自封，前途堪忧呀……”

见父亲又开始喋喋不休，辉子提醒道："老爹，你又开始了！"

但桑野这话匣子一开，便想收也收不住，继续摆出他那套日本出口海产业的危机，与贸易改革论。

"前阵子，有报社邀请我参加行业座谈会。我在会上就明确提出这一论调，他们却仅仅只在报上一笔带过！我晓得报幅有限，但哪有他们那样应付的？这是业界之疾，如果业内人没有充分认识这点……"

"老爹，你差不多可以了！"辉子展现出她的暴脾气，"人家世修哥今天可没闲心听你在这儿长篇大论，有这工夫，还不如准备交货去！"

"你晓得什么？这些生意经，对世修今后可受益匪浅。辉子，你去把那份富士报刊给我拿过来，就是记录座谈会的那一份。忘了说，邀我去座谈会的，就是隔壁的富士报社。"

"不拿！"辉子气嘟嘟道，"世哥哥一来，你就拿那份报纸献宝。有十多遍了吧，世哥哥都对报上的内容倒背如流了。是吧，世哥哥？"

乔世修被夹在中间，左右为难："这，这个嘛……"

桑野东家着实是拿这个女儿没辙，苦笑连连。他早年从学徒入行，兢兢业业数十年，打拼出如今的家业。即便如今家大业大，在他身上也看不出半分架子，反倒是时常能见到双鬓斑白的他在仓库中干重活儿，精气神不输给年轻小伙儿。旁人劝他歇着，他反倒笑称自己一天不流汗，便睡不着。这不拘小节的性子，也让他赢得了当地人的尊重。数十年风吹日晒，让他的面庞呈现出一种健康的古铜色，唯独发缘处，未经烈日侵蚀，形成一道显眼的白色圆弧。

辉子见父亲的态度软化，连忙推了把乔世修："世哥哥，你倒是快跑呀！"

"啊，哦……"乔世修千万个不愿意离开姑娘，但还是无奈地起身。

陶展文紧随其后，临别时，不忘再有意无意地扫了柜台内一眼——果不其然，他的视线再次与郭文升交汇，对方如重播方才的场景一般，赶忙埋下脑袋。

乔家小姐

归宅途中，两人在自家仓库门前又撞见老朱了。老朱正拎着一大串钥匙，一把把地尝试着开库门。他大老远便瞧见两人，迫不及待地高声汇报道："少东家，你大哥回来了！"

乔世修闻言，神情豁然明亮。虽说疑点尚存，但好歹是经先父认证的"大哥"。他能洗脱嫌疑，乔世修自然是开心："甚好！什么时候回来的？"

"刚回来不久。哦，还来了个警察，吴掌柜正在会客室里接待呢。"

两人立即赶到会客室，见吴掌柜正挠着脑门儿，点头哈腰地向昨晚的富永警官问好呢。吴掌柜一直以来引以为豪的那头茂密黑发，也就是这两年，以几何倍数变得稀薄。这可要了他的亲命，久而久之，他便染上了挠脑门儿的习惯。糟心的是，他这一无伤大雅的小癖好，竟成了全公司上下的笑柄。

见少东家归来，吴掌柜如蒙大赦，放在脑门儿上的手也落到膝盖上，显然是盘算着将眼前这烫手的山芋，撂给少东家了。

乔世修行至警官跟前，略微施礼，视线便移到真正在意的人身上——“大哥”乔世治正僵硬地坐在警官身边，双目茫然地望着墙壁上的油画，上头画着瀞八丁[1]的景色。

陶展文便懒得蹚这摊浑水了，径直从走廊回到自己的临时房间。他一开门便愣住了——纯竟在房内。女孩儿坐在通向会客室的门旁，正聚精会神地隔着门听着会客厅中的谈话。

今早见面时女孩儿面容憔悴，昨晚怕是一夜未合眼。但这才一个钟头不到，动人的红晕再次爬上她的面颊。青春少女的“多变”，着实令人惊叹。

陶展文坐到床边，向女孩儿搭话道：“大哥回来了，放心了吧？”

“本来就没什么好担心。”纯的语气冰冷，“有这么清楚不过的不在场证明。”

“是吗！那为何还让警察带走了？”

“你问我，我问谁去！？”

陶展文目光一滞，纯才意识到自己语出冲动了，忙缓和态度道：“警察一定是弄错了。”

这员工休息室本身就谈不上多宽敞，如今还塞了这么好些纸箱，更是给人一种闭塞的窒息感。密室之内，与纯对坐，佳人那

[1] 瀞八丁：日本景点，是一处长约 1.2 千米的峡谷。

光洁的肌肤，晃得陶展文睁不开眼，他甚至能感知到少女内心深处的微颤。

为何会微颤？

陶展文终于察觉到症结所在——曾几何时，他在杂志中看到过这样一段话：与妇人同处一室，尤其是室内还有卧具，敞开房门是最基本的礼仪。

他方才顺手带上了房门，如今再刻意去开门，只会让气氛更尴尬。

交谈戛然而止，年轻的陶展文唯独在这方面，有着同龄人中少见的笨拙，只得硬生生地承受这尴尬的气氛。陶展文，你倒是吭声呀！他恨不得给上自己一个耳光。他想换个坐姿，双脚却如灌了铅一般，不听使唤了。

内心深处将自己臭骂了千百回，陶展文佯装自若，强行将自己的目光扳到了纯的俏颜上。没想到呀！细看之下，女孩儿的五官是如此的轮廓分明，眼瞳也是深邃的褐色。陶展文先前用简单的“窈窕”一词概括女孩儿的气质，而如今，面对这双幽幽的褐瞳，他才意识到自己是多么肤浅。那张皎白的面颊，几近与周围环境融为一体，无从勾勒面部线条。

再观女孩儿的眼神，陶展文欲用简单的一个汉字来形容——“悟”。历经喜怒哀乐、悲欢离合，到达大彻大悟的境地，学会以平常心看待世间万物。用这个字形容这对眼神，虽不中，亦不远矣。

先前经历过那般剧烈的情绪起伏，这姑娘怕是也看得豁达了吧？但方才的动摇，又是因何而起呢？

陶展文渐渐找回往日的自己，僵硬的两脚也回复知觉，顺利切换了个舒服的坐姿。书上说，话题难以为继时，不妨直言心中所想，或许会有奇效。硬是要搬出自己不擅长的话题，又无法善终，只会徒增尴尬。陶展文心一横，直言不讳道："我挺庆幸。还好我没迷上你，否则一定会失恋。"

女孩儿的姿色摆在那儿，也不是头一次被这般表态了，平日里只当是异性撩拨自己的浑话。但唯独这次，陶展文波澜不惊的语气，让女孩儿上了心，一对褐瞳直勾勾地注视在陶展文脸上："为什么会这样想呢？"

"理由不明摆着的吗？小纯你已经有心上人。"

"我？心上人？"

"一个女性，但凡陷入恋情，怎么说呢……便会增添一分别样的魅力？但与此同时，也会多出一分对周围的戒备，就像护卵的鸡妈妈一般，生怕自己的宝贝被夺走。"

女孩儿娇俏地一偏脸蛋，但褐瞳中射出的视线仿佛要将眼前的男人穿透："真有这么明显？"

"一目了然。"

"我有些害怕陶大哥了呢，尤其是你那双眼睛。"

"这可饶了我吧！被小纯一般的妙龄少女害怕，我可笑不出。"

女孩儿难得地微微莞尔："要说这害怕呢，从昨晚就开始了。

昨儿案发后，陶大哥的视线就全程放在我身上，一刻也未曾挪开。按理说，我早便对男人的视线见怪不怪。但陶大哥的视线，却与那帮庸俗的男人不同，焦点不在我的容颜，而仿佛能透视我的内心一般。”

乔世修昨夜还道女孩儿“情绪激动”。如今来看，她的“激动”只是游离于表面，要不怎么能敏锐地感知到陶展文的视线。陶展文试探道：“令兄此番能平安归来，你也是松了口气吧。瞧瞧你昨晚的‘着紧’样儿，真真儿把大家伙儿吓坏了。”

“我昨晚有那样夸张？”

女孩儿的俏颜上依旧阴霾笼罩，但较之昨夜已算得上开朗。陶展文取出根香烟，却不点火：“你说，昨儿的案件怪不怪？现场有明显的搏斗痕迹，案发后却没有人离开晒场。晒场仅有的两个入口，都分别有人坐镇。”言毕，才将香烟点燃。

“唔……”女孩儿思量片刻，答道，“但相反地，案发前从任意入口，都可以随意出入现场吧？”

“任意入口？”陶展文捉住了语中蹊跷：“桑野家的后院空地到两点半才开始作业，从那儿或许可以自由出入现场。但我们这边的入口，不是一直有女佣小姐守着吗？你怎么就说‘任意’了？”

女孩儿却摇头，道出令人震惊的事实：“其实，银姨也并非一直守在那里。”

“哦？她告诉你的？”

“不，她坚称自己从未离开过的。但我更相信自己的眼睛——我昨天下午与哥哥散步归来，途经海岸大道拐角处，看到银姨从我家三楼伸出脑袋来。当然，你要说我看错了，我也不反驳，毕竟隔了那么老远，我看到也只是模糊的女人身影。但你要知道，我家三楼本身就没几个人，更何况还是女人，除了银子还会是谁？”

依据桑野辉子的证词，刚过两点时，女佣银子在关西组门前，与一个面带黑痣的搬运工交谈。而如今纯又证言说，两点半前后，她在乔宅三楼窗旁，向海岸大道张望。如此想来，这个女佣阿姨着实是形迹可疑了些。再者，警方带走她不过数小时，甚至未经明察便承诺送回……关于她的一桩桩一件件，都是待解之谜。任陶展文抓破脑壳，仍是一片迷雾，反倒是纯的娇颜时不时地往眼里蹿。陶展文有些自嘲——美人在前，不好好珍惜，去琢磨这些烦心事，自己可真是……

“案件的事儿就聊到这儿吧。”这话倒像是在劝自己。

“嗯，越说越烦心。”女孩儿早便受够这话题。

“来聊些开心的话题吧。”

两人默契地相视一笑。陶展文的敏锐直觉告诉自己，女孩儿的笑容并非发自内心。但她那乞求放松的愿望确实货真价实，能否博佳人愉悦，就要看陶展文的手腕了：“只要是轻松的话题就可以吗？”

“是的，你挑一个。”纯嫣然道。

女孩儿昨儿一身深色洋装，今儿却换成一袭淡黄色旗袍，或许是想用这身亮堂堂的颜色，让自己振作起来。陶展文思量片刻，有了主意："能与我聊聊祖国的现状吗？我背井离乡好多年了，小纯你去年七月份才刚从上海留学回来吧？"

"是的。去年暑假吧，我前脚刚回日本，陶大哥你后脚便来做客了。"

"那时都没怎么与你说话，总觉得你吧……给人一种距离感。"

"距离感？怎么会呢？"

"卿本佳人，不忍亵渎。"

女孩儿"扑哧"一声，笑了。不知何故，陶展文竟从这短暂的笑容中，感知到几分自怨自艾。他继续问道："祖国这些年可有发生什么趣闻？"

"我回日本也一年有余了，知道的充其量只是些旧闻罢了。哪有什么趣闻，反倒处处是悲剧。"

"怎么说？"

"东北（伪满洲国）战役的硝烟还未散去，去年，就在我们眼前，战火再燃。我是怀着无比悲痛的思绪回到日本的。所以，我当时实在是没心思结交新朋友。怠慢了，请见谅。"

谁承想家乡的话题竟起了反效果，让气氛愈发凝重。陶展文索性闭嘴，专心对付口中的香烟。女孩儿伤怀地闭上眼，继续道："我刚离开不久，九月份，上海的反帝大联盟就遭到了当局的暴力镇压。我有两个朋友在镇压中牺牲，其他同志也受到了当局的通缉，亡命天涯。他们为了心中的理想献出一切乃至生命，可敬可佩。反观我，放弃理想，舍弃同志，回到敌国，再次过起了这种养尊处优的生活！”

“有没有想过，今后像桑野家的姐姐一样，帮店里的忙？”

“你让我去赚钱？”

“怎么？莫非，你还瞧不起商业活动不成？”

“不是的……”女孩儿语气淡淡，“只是对做生意没兴趣罢了。其实，最开始，我有想过留在店里帮忙家父打点生意的。但他不许，坚持要让我做自己感兴趣的事。那无非便是看书学习了，我一做便做到现在。”

“开明的父亲！哎，这便奇怪了。那你二哥为何会觉得令尊食古不化，从而疏远他呢？”

“家父凡事自有独到见解。至于哥哥嘛，只是个纯粹的理想主义者。适度理想化并非是坏事，但如哥哥一般，将心中擅自塑造的理想形象，强加在家父身上，我便不敢恭维。总之，在我眼中，家父就是全世界最好的父亲，我以他为荣。”

“我去年也与令尊有过一面之缘，他确实是卓尔不群的人物。”

陶展文脑海中，乔全祥的影子已很模糊。正如友人所言，老人的确是刚愎自用的性子，但女儿却对他这般仰慕，多半是个“清浊”并存的人物吧。友人过于强调其“浊”的一面，因此心生排斥。话说，“谋财害命摆渡人”的传闻若不是空穴来风，这“浊”可着实过头了些。

“哥哥也是个难伺候的主儿。就拿有一年母亲忌日来说，爸爸只是小酌了几杯，他就怒斥爸爸在这样哀伤的日子里饮酒作乐。这类别扭，他可没少闹。我不认为爸爸的做法是对妈妈的不尊重。妈妈的在天之灵，一定也希望我们每天轻轻松松、快快乐乐。例如说今年的母亲忌日，爸爸特地挑在这天，宣称会给我五十万，用作我今后的嫁妆。”

“这世道，能拿出五十万，真阔绰！”陶展文感叹。

“我也纳闷儿的，今年忌日，爸爸貌似比往年都要兴奋。掌勺杜叔从不说笑的，那日听爸爸那般说，也破天荒地开起了玩笑，让我趁爸爸心情好，向他要个八十万。爸爸也犯起浑，说那干脆凑个整数，一百万……”女孩儿这段回忆显然还有后话，但她却突然噤了，或许是不想深谈先父的过往。陶展文的回应也是平白无奇：“真是好父亲。”

今年母亲忌日上，父亲明明还那般健硕精神……对亡父的哀思再次袭向心间，女孩儿缓了好一阵儿，才叹气道：“之后，爸爸继续对杜叔说，一百万不是给不起，但我的这个女儿恐怕不会接受。爸爸，真是这世界上最了解纯的人。”

女孩儿的语气像是在自言自语，怕是深陷哀思不可自拔，甚至忘了当下正与人交谈。她回过神儿后，突兀地换了话题，问道：“陶大哥回国后，是打算‘吃公粮’吗？”

“公粮可不好吃。”陶展文笑答，“计划先找家小报社练练手。”

女孩儿严肃地注视着陶展文的眼睛：“新闻业吗？愿陶大哥执‘破邪之笔’，扫尽天下浊瘴。”

女孩儿的凝视中，迸发着坚定的热意。可以想象此时此刻，那黄色旗袍下包裹的内心，是何等炽热。这最后的话语却似一颗强摘下的青果，难脱青涩。但无须多么华丽的辞藻。单单摆出东北战役、上海战役、反帝同盟等词汇，便可触动同龄人那敏感的神经。即便是“破邪之笔”这般生硬的词汇，也让陶展文眉间一热。

转眼间已是涨潮时分，该聊的，不该聊的，也都聊过。纯起身，告辞道:“不知不觉聊得这么久，我得回楼上去了。陶大哥，失陪。”

那内心的炙热仿佛挣脱了黄色屏障的束缚，将女孩儿的背影照耀得如一团火焰。

动　机

房里只剩陶展文一人，他一屁股坐在了方才纯所坐的椅子上，瞬间被女孩儿残存下的体温包裹。回想起女孩儿方才那热情洋溢的眼神，陶展文哪还敢有半点儿亵渎的念头，赶忙正襟危坐坐好。这时，通向会客室的门被推开一条缝儿，乔世修探进脑袋，见房内只有陶展文一人，奇道："小纯呢？方才还坐在这儿的。"

"她刚上楼。"陶展文答道。

"不说她了，我要找的是你。富士报社的记者鹤田想与你聊聊，他就在我身后。怎么样？有空儿吗？"

陶展文奇道："找我？找我做甚？"说着，站起身，与友人一同来到隔壁。

富永警官还在会客室中，"大哥"却不在了，多了个昨晚来采访的记者。警官还是那副大大咧咧的老样子，瞧见陶展文，微微抬手示意，看来是对这帮忙翻译的年轻小伙儿印象颇好。

乔世修为陶展文引荐道："这位记者先生想必陶兄昨晚也见过了，富士报社的鹤田先生。"

鹤田连忙起身，恭敬地向陶展文伸出左手："陶先生幸会，昨夜未及时自荐，请见谅。"

记者那张清减苍白的面庞上，满布血丝的双目尤为惹眼，想必是时常熬夜。但撇去憔悴的面容，他的身形却高大健硕，甚至与陶展文都有得一拼。两种截然不同的气质糅杂在一起，甚是违和。

简单的寒暄过后，鹤田揉了揉他那双小眼睛，向陶展文道明原委："其实，喊陶先生来，也没什么大事。方才听乔东家说，您对宣义这个地方有所了解？对，就是福建的宣义！乔东家虽是宣义祖籍，却自幼生长于日本，对这个故乡不善了解。我急切想要了解这个地方。哦，并非是为了工作上的事。"

"这位记者兄弟正搞创作呢，"一旁的警官百无聊赖地插嘴道，"他正在着手创作一本以中、日两国为舞台的小说，所以想了解些那头的事儿。"

"不急，咱坐下慢聊。"乔世修劝两人坐下。

众人入座后，记者仍是一副火急火燎的模样，估计天性如此吧。他连珠炮似的道："那儿的地理环境、风土人情……只要是您知晓的，无论是哪个方面，都是我创作的重要源泉！"

"恐怕要让您失望了……"陶展文为难道，"我哪了解宣义。充其量，也就是十多年前，父亲带着我到那儿游玩了一个月罢了。

当然，比起从未去过的乔兄，了解得多一些是没错。”

“儿时模糊的印象就足够了。应该说，我要的就是模糊的印象！这样，才有发挥想象力的余地！”

一旁的富永不放过任何可以揶揄鹤田的机会，放声笑道：“这还未到下班时间吧？你在上班时间给自己的小说取材，算不算是翘班呢？”

鹤田根本不理会警官的调侃，只是一个劲儿地央求陶展文：“当然，我不会现在就打扰您。今晚！我今晚六点下班，届时，能借用您一些时间吗？”

于是乎，陶展文半推半就地承诺晚上六点会前往报社。鹤田得了承诺，这才心满意足地起身离去。富永瞥了眼记者那一步三蹦的背影，忍俊不禁道：“瞧他那股热乎劲儿，但愿真能憋出些名堂出来。即便不能，丰富了业余生活也是好事儿！就像我，最近很是热衷于垂钓。哎，小陶，听乔少东家说，这头的事儿告一段落后，你就要回国了？回国前，要不要与我去挥上一杆？就当是留日生涯的最后回忆啦！”

“好意心领，我还从未垂钓过。”陶展文婉拒。

“那哪行！不体验一趟大和风味的垂钓，你好意思说自己来过日本？这样吧，我过几天有休假，就带你去领略一番如何？又不是一定要钓到什么，即便只是去瞧瞧田园风光，也不虚此行。怎么样？乔东家也一块儿来吧？”

“家父丧期未过，我怎好四处冶游！”乔世修断然拒绝。

“那确实强求不得。”富永转向陶展文，“小陶总没理由拒绝了吧？别告诉我你要帮忙服丧，这可是大哥我精心为你准备的送别礼，你可别拂了我的面子。我看人很准，你这样的小年轻，回国后一定会大有作为，搞不好会当个大官呢！让你对日本留个美好印象，也算是我给中日和睦添砖加瓦了吧。扯远了，哪能牵扯政治，仅仅是我诚心想邀你。”

“感谢您的邀请，容我考虑。”对方如此诚挚的邀请，陶展文也不好直接拒绝了。

估计是上头下了死命令，让富永在代班来之前，老老实实在乔宅待命。他也是闲得慌了，这话匣子一开便收也收不住。陶展文起初还怀疑，警察是在利用这些没意义的闲聊作为幌子，想套出案件的相关线索。但陪他摆了大半天的龙门阵，愣是没听出什么端倪出来，还真让人搞不清这个大叔到底是个深不可测的精英警察，还是一个少根筋的话痨。

警官大叔自个儿都受不了自个儿了，摆正坐姿，清了清嗓子，严肃道：“瞧我这话痨的毛病，碍着你们工作了吧？好啦，散了吧，我就自个儿坐这儿消遣，你们把我当作摆设就是。哎呀，差点儿忘了正事儿。杜自忠的解剖已经结束，劳烦你们通知死者家属今儿下午三点来领遗体。”

众人散去。乔世修回办公室，陶展文则想找老朱闲聊解闷儿，到楼下仓库去了。

仓库这会儿正忙活着“须古”的收货。“须古”别名“金钉”，说白了，便是玉筋鱼干。这种海产主要销往台湾，因外形细长，又得名“尖鲮脯”。相较于银带鲱、平子鱼等常见海干货，捕获期较短，是各“屋”每逢四月争相囤货的抢手货。

收货过程分工明确，男工装箱，女工贴标。仓库内浑浊潮湿的空气让陶展文望而却步，但他一眼便瞧见了大摇大摆地坐在秤旁的老朱，一咬牙，推门而入。数以万计的尘埃颗粒如脱缰野马一般，从门缝中奔窜而出。陶展文尽力憋住气，走到老朱跟前道：“妈呀，这灰尘……”

老朱仿佛见着了救世主，百无聊赖的脸“啪”地被点亮：“老陶，你咋来这儿了！”

“你成天搁这儿待，就不戴个口罩？”

“戴啥口罩呀，我早习惯了。戴了那玩意儿，那帮家伙要是缺斤少两的，我连骂也骂不出声儿了。”

陶展文瞥了眼热火朝天的库房：“我好像来的不是时候，你们正忙吧？”

“忙啥呀，要忙也是工人忙，我就瞎混呗。”

“你这不是在负责称重吗？”

“这你就不懂啦，”老朱起身，旁若无人地伸了个懒腰，“这批货是隔壁桑野家的。老东家在世时，桑野家的货都是照单通过，哪用得着称呀！”

“全权信赖呀！”

“可不！东家刚接任，是新官上任三把火，下个死命令，每一件货都得过秤。有没有搞错！质疑桑野家的货，可是违反了宪法。我老朱可是守法公民！你瞧我，哪敢把眼睛往秤上放，搁这儿沉思呢。”

“你沉思个什么？”

“案情！谁是凶犯！”

身旁一阿姨丝毫未将少东家的贵客放在眼中，自顾自地抖起晒席，刹那灰尘颗粒不客气地往陶展文鼻孔里蹿，他忙抬手捂鼻：“这哪能待，咱出去细聊？”

“成，我也正想出去透口气呢。”

于是乎，两人出了仓库，眼前是一望无际的红砖仓库。两人随意找了面墙，并排靠着，陶展文起头道：“陪你谈谈案情吧，先聊动机。杜自忠有仇家吗？或说，有没有他死后的既得利益者？”

“仇家嘛……”老朱瞥眉，学足了侦探的派头，“有还是没有呢……”

“不要纠结于男性，女性也行。”

“杜老爷子就是一副不招人待见的古怪脾气，但要说仇家嘛，这一时半会儿还真……”

“就一点儿头绪都没有？”

“你以为我方才坐在那灰尘堆儿里，是在琢磨什么。要说真抱有恨意的，估计也就只有他的继子一郎了。杜老爷子对秋姨的态度呀，有时连我这外人都看不过眼，更何况秋姨的亲生骨肉呢！你有未见过那小年轻平日里对杜老爷子的态度？那不是恨是什么呀？但要说狠下杀手吧，还真有些勉强。”

“那换个方面想吧。杜掌勺死后，最得益的是谁？”

“别看杜老爷子那穷酸样儿，他可私藏了好多个小金库。他这一走，最得益的自然是秋姨。你不会是怀疑秋姨吧？就她那逆来顺受的性子，挥耙行凶？别开玩笑了。再说了，她昨儿下午一直在厨房里忙碌，不在场证明比我还牢固呢。”

“得益不单单指物质方面，还有心理方面。得了，逐个排除吧，先从掌柜吴钦平开始说起。”

“吴掌柜？你可别忘了，案发当时，他可在你房间里整印刷。”

“说了，只谈动机，不谈作案条件。”

“好吧，一己之见。杜老爷子这么一走，吴掌柜甭提获益了，恐怕最倒霉的就当属他！他这掌柜当得呀，只是个虚衔罢了，要不是有杜掌勺兜着呀，怕早被扫地出门啦！吴掌柜就是个胸无大志的人，店里的事儿能少一件少一件，能不捅娄子就行。如今没了杜老爷子挑大梁，这千斤重担，嘿嘿，恐怕就要压在他一人肩上啦！”

“嗯，大体知晓了。接着来谈谈王充庆吧。”

“老王和杜老爷子基本没什么交集啦。再者，他再过阵子都不是同顺泰的人了。掌勺今晚是做红烧锦鲤，还是油焖熊掌，又与他有何关系？”

“唔……那负责联络信件的老谢呢？”

“老谢？那家伙的不在场证明，更是如钢铁，哦不，如钻石一般坚固！他案发当天一早就回家给他的宝贝儿子商量婚期了，第二天早上才回公司。”

“再强调一次，只谈动机。”

“好，好，依你。”老朱鼻孔出气，继续道，“要说杜老爷子在这栋宅子里有什么朋友，就当属老谢了！他们是老棋友了，总不至于说老谢被将了军，怀恨在心吧？痛失棋友，你瞧老谢他今儿那长吁短叹的模样。”

“好吧……那他是否与人有经济纠纷？”

“哼哼，这你又猜错了。杜老爷子那些家底儿，都是他一点儿一点儿攒起来的。他这人，对借贷关系深恶痛绝。别说是老谢了，他与宅子上下的所有人，没有一毛钱的信贷关系，真是地地道道的清清白白。”

“好，这也翻篇，下一个。你们的少东家，乔世修。”

“喂！你……”老朱一个愣怔跃起，察觉到对方不是在说笑，叹气道，“少东家怎么可能！老陶，适可而止吧。你从刚才开始，就一直把矛头指向宅里的人。我就直说了，纯小姐、银姨，包括那厨房的小伙计，只要咱同顺泰的人，就不能有嫌疑，绝对绝对！”

“你口中的‘绝对’颇不值钱呢。哎呀，不对！你刚列出几个人名儿，咋单单没有你们的新‘大少爷’？”

老朱这回是真的瞠目结舌了：“他？他才来了多久呀？之前都在中国某个不知名的山沟里吧？能与掌勺有什么交集？”

“他们之间，真没什么交集？”陶展文不以为然地摇头。

老朱眼角一挑：“此话怎讲？”

“你可别忘啦。这杜掌勺，自福建宣义起便跟随你们乔老东家，见过老大哥在中国的长子，并不足为奇吧？”

“那可是三十年前！”老朱甚至觉得陶展文在强词夺理了，“那时，乔世治估摸着才刚出生，撑死也就两三岁吧！能记得谁呀！”

“不谈年龄几许，你不可否认他们曾见过面。”

“哼哼，你就嘴硬吧。见过面就有动机了？”

“哎呀，差点儿漏了一人。”陶展文狡黠一笑，“得了，看在他提供了情报的分儿上，暂不做考虑。”

“那我可真得替他谢谢你嘞。”老朱没好气道。

陶展文将见底的烟头往墙上一拧：“若你提供的情报属实，勉强称得上有动机的，也就只有一郎了吧。但案发当时，他正在仓库忙碌，有工人做证。”

老朱习惯性地一提皮带：“哼，这案件够你琢磨的。”

两人无话，这时，桑野家的矢部走出自家库门，招呼老朱道：“朱仓管，‘须古’交完货了。”

“好嘞，辛苦！”

“虾干计划中午交货，‘铺匀’已完成，现在正装箱！”

“成色如何？不会出了岔子吧？”

“得嘞，上等货！您老要不要过来审审？待会儿可就装箱了。”

“咱去瞅瞅？”老朱邀陶展文道，“同样是审核，一只虾，与一箱虾，给人的感觉可有天壤之别。趁还未封箱，还是去确认一下为妙。”

“哈，不怕违了宪法？”陶展文调侃道。

“如今是‘新朝改制’，那套老宪法已不通用啦。”

“我方才就觉得纳闷儿。世修对桑野家的信赖，应该不亚于老东家才对。”

乔世修与桑野辉子——两人虽为打小便相识的青梅竹马，但两人间那朦胧的爱意，多半是萌生于一年前左右，也就是去年吧，春假归校后，舍友那性格上的微妙变化未逃过陶展文的慧眼。直至去年暑假受邀到神户游玩，陶展文才领悟其中缘由——陶展文又不是不解风情的鲁男子，友人与姑娘间那暗中传递的秋波足以说明一切。

“有些事儿咱心里知晓就好。”老朱自然明白少东家与桑野的那些“渊源”，暧昧一笑，“少东家如今可是将生意放在第一位呀，哪有心思瞻前顾后。不是有句话嘛，咋说来着的——大义灭亲！”

“大义灭亲？！你这张嘴呀，迟早得被扫地出门！”陶展文哭笑不得。

乔老东家这趟走得仓促，可未给后代预备多少家当。如今，乔世修可站在悬崖边上，哪敢有丝毫懈怠。加之他又是一根筋的性子，不善变通。父亲传下来的家业，与自己那点儿女私情，孰轻孰重，他不得不做出个决断。

“走吧，随我到隔壁桑野的仓库转转去。”言毕，老朱用力地点了点脚尖儿，见脚后跟还是塞不进鞋子里，索性就当是鞋拖子，邋里邋遢地向桑野家仓库走去了。

陶展文赶忙跟在了后边，路边上还有五六个海岸村的伙计在玩耍传接球。

桑野家的仓库

桑野家的仓库，是一排三栋连坐的狭长建筑。仓库北端临接同顺泰大楼，之间的连廊实为大楼南侧增建出的屋棚，只不过屋顶上搭了一块铁皮罢了。每一栋建筑各设有一扇大门，如今位于中间的门户洞开，几个男工扎堆儿在库门旁，瞧远处的伙计们耍传接球。两个女工甚至堵在库门口，正嗑瓜子闲聊。矢部见客户朝这头走来，训斥道："你俩，挡着道儿了，让开些。"

女工闻言，懒洋洋地挪开两步，让出条堪堪能通过的道儿。两人勉强挤进仓库，里头正忙活着给虾干装箱。桑野东家亲临前线，坐镇指挥，他瞅见进来的二人，笑盈盈道："朱仓管，咱正给虾干装箱，下午就给你家送去。哎呀，陶小兄，你也一道来参观啦！"

陶展文对这位友善的大叔很有好感，点了点头以示礼。

"预计下午两点前能装满三十五箱。"桑野东家随手抓了一把虾干，伸予老朱面前，“来瞧瞧，成色如何？”

老朱拈起一只虾干，在指间拧了拧，皱眉道：“唔，马马虎虎吧。这回的囤货商对重量可讲究得很，‘补量’得做到精细才行。”

货物入港后，买主会就其重量进行重新测量，行话称之为“改贯”，这时若缺斤少两，一个搞不好就成国际贸易纠纷。“改贯”要求分别测量容器重，与货物净重。像虾干这样易碎的干货，在运输过程中，遭遇摩擦碰撞，难免会减量。“改贯”时，不计算粉末碎屑，自然会低于台账重量。因此，供货商装箱时，添加货物的数量以弥补这部分缺量，可以说是行规了，这就是老朱口中的“补量”。

“得嘞，‘补量’管饱！”桑野东家把胸脯拍得咚咚响。

一旁的矢部笑道：“东家叮嘱我们，这次的货要保证一分的‘补量’。”

一分“补量”，特指各百斤货物添加一斤“补量”，也就是百分之一。老朱皱眉道：“只有一分？不算多呀！”

“一分还不多呀！”矢部不服道。

“要不要来视察视察这批货的‘铺匀’。”桑野东家邀二人道，“待‘铺匀’的货，比这些装完箱的更显成色。”

“嗯，劳驾指路。”

“喏，就在那头。”桑野家仓库从外看为三栋建筑，内部却并未做分割。待“铺匀”的货就堆积在仓库南角。

老朱费力地蹲下圆硕的身子，捞了一把虾干，先是凑近脑袋打量，接着掷一颗于口中细细咀嚼。矢部在一旁紧张道："盐渍的火候如何？完美吧！"

"凑合吧。""劣既言，优不宣"是最基本的谈判技巧，老朱深谙此道。

矢部自然明白，这句"凑合"已经是行内的最高赞词了，便换话题道："对了，不晓得乔少东家知不知晓。方才警方又到咱家仓库与后院兜了圈。"

陶展文闻言，好奇地踱步于仓库中，试图领会警方此行的目的。通往后院空地的门敞开着，空地上仅安置着一俵四十五贯的虾干和三口小木箱，并不见人影。身后，老朱回答矢部道："哼，警察倒不笨！案发前后，咱家三楼有人守着，凶犯多半是从你们家后院进的晒场。"

"听你这话的意思，是要咱家担责任？"矢部不服，没好气道，"你家掌勺是在昨儿下午两点四十分前后遇害的吧？你又不是不晓得，咱家后院每天下午两点半准时开工。那儿有几十双眼睛。我就问你，凶手能从咱家进去不假，他要怎么出来？"

瞧矢部有些上火，老朱忙让步道："得了，咱也别跑题了。"

"也是'商人言商'嘛。如何呀？朱仓管，这次的货可中您意？"

"嗯，堪堪及格吧，'姿色'平平呀！"

"这眼界高的，咱家的虾干可是远近闻名的'美人儿'。你瞧瞧这'体态'、这'肌肤'，哪样有得挑？"

矢部正极力为自家的"美人儿"辩护，通报午时的铃声响起，桑野东家对矢部道："午休时间到了，去歇口气，余下的活儿下午再干。"

"好嘞，咱去歇一个来钟头。"矢部应允，转向对自家仓管道，"让大家伙儿解散吧，下午一点准时集合，继续工作。"

"好嘞！"仓管对众工人喊道，"大伙儿解散去吃个便饭，下午一点准时集合！"

男女工们得令，扔下手头上的活儿，或而摘下头带，或而取下罩帽，作鸟兽散。午休时间仅一个钟头，有些员工趁这当儿简单地对付了午餐，有些则到附近的酒馆小酌一番。少数工人自带了便当，在这灰尘呼啦的屋里也下不去口，索性便在仓库门口席地而坐。

转眼间，仓库中便剩下四人。桑野东家叮嘱矢部道："你也赶紧收拾了，船就要开了吧？"

"掌柜这是要去哪儿吗？"老朱好奇道。

"嗯，出差。"

"到哪头去？"

"商业机密，不便透露了吧。"

"乘船，乘船……我晓得了，一定是去淡路采办海产了！"

"还真让你猜对了。"矢部苦笑。

"那还真是辛苦了。"老朱的语气与其说是在鼓励，倒更像是泼冷水，"热销季就在眼前了，你这趟过去呀，可得做好大出血的准备。"

按往年经验，第一批海产，由于赶上神武天皇祭[1]的当口，往往会亏得血本无归。有人便要问了，不去碰这块烫手的山芋不就得了？常言道：“从商舍利重先机。”即便明知道这“先机”棘手，也不能坐观竞争对手占得先机、赢了彩头。有时，做生意争的不是“利”，而是一口“气”。

“唉，谁都不容易！而且，东家他这两天要到产地视察，我还得着紧赶回来。”矢部言毕，转身便要去歇息。

“哎，别急着走呀。”老朱喊住他，“这虾干的盖子还没盖上呢！”

“急什么，没看到咱歇息了吗？再说了，补量还没放进去呢。”

添加补量若在装箱时进行，就怕无法分配均匀，要么超重，要么不足。因此，一般工序都是装箱时先预留空位，再统一分配补量。老朱吃这口饭也好几年，自然能理解对方的难处：“嗯，好吧。”

商谈罢，桑野东家吩咐自家掌柜道：“矢部，你且招待陶小弟与朱仓管到前厅用茶。”矢部得令，领两人经仓库北端的暗门直通店铺，热茶伺候。老朱呼呼地吹着热茶，不客气道：“你家这东家，真真儿是好手段，竟有本事把这些‘烂库存’压到咱头上来！五月就要出新虾了，这倒好，咱家还得处理这批旧虾。”

---

[1] 神武天皇祭：日本皇室为祭祀神武天皇而举行的祭祀活动，使用阳历后，时间是每年4月3日。

“喂，别说得像咱家强买强卖一样！”矢部发出抗议。

“你自己想想看嘛。眼瞅都要五月了，还得处理那么一大批大分量的货！同顺泰改行收垃圾算了。”

“你说这话……怎么？想找麻烦？”

“我哪敢呀！有人愿意无偿帮忙处理这堆大分量的‘废品’，你们家可得放鞭炮庆祝了吧？我这是在给你们道贺呢。”

“哪有全部抛给你们，我们这不还剩着一俵吗！”

陶展文看腻了两人斗嘴，轻啜了口茶水，起身朝郭文升的办公桌走去。桌子的主人多半用餐去了，陶展文注视着桌上的全家福，与写在相片边角的小字。身后，老朱还在拿矢部开涮：“矢部掌柜呀，你家大将可是你的好榜样！桑野东家对生意的热情劲儿，是行里交口称赞的！时常能见着工人都下班歇息了，他还在库房里挥洒汗水呀！简直是行业模范！”

“这便是咱头儿的厉害之处啦！”矢部自豪道，“别瞧他只是在搬搬抬抬，脑子里可是翌日的工作安排——是整理空箱，给鱿鱼干装俵，抑或重新曝晒鲍鱼……脑袋可一刻未曾停歇。”

“呵，身居高位，就负责动动脑子和嘴皮子。”

“对呀，冲锋陷阵卖力气的就是咱杂兵，这日子啥时候到头呀！”

俩杂兵惺惺相惜，相视一笑。这时，辉子那清脆的嗓音从二楼传来：“矢部叔，饭好了。你就要出发去淡路了吧？快上来吃一些！”

老朱闻言，放下茶杯，对陶展文道："咱也得快些回去。今儿是'头旬'，待会儿多半会被喊到三楼去。"

"头旬"也就是民间俗称的"头七"。陶展文掐指一算，今天确实是乔父过世后的整七日，他也放下热茶："嗯，那还真得提前回去。"

老朱临走也不忘调侃一番："回见嘞，矢部大掌柜，别忘了带个淡路姑娘回来！"言罢，不顾形象地吊着他那双"鞋拖子"，晃晃悠悠地起身与陶展文离开。

屋顶的潜伏者

日本的服丧习俗本源于中国，两者大同小异。传统的“头旬”多半由逝者长子主持，准备酒食供品，在灵前祭拜逝者，祭典结束后直接食用供品。“头旬”中的“旬”，指的便是祭祀后留下的供品饭食。

“头旬”过后七日，便是“二旬”。此“旬”换由逝者的外甥操办，“三旬”的主持人再换作长女。在大家长制之下，女儿虽为至亲，地位却不及表兄弟辈分。尤其是出嫁后的女儿的“旬”，由于关乎夫家的颜面，多半会大肆操办，且祭祀所用的一滴油、一粒盐，全由夫家负担。目的很简单，就是要给亲戚好友一种“姑娘嫁了个好夫家，比自家人还要孝顺”的印象。之后的“四旬”俗称“讨饭旬”，顾名思义，一律从简。之后是孙女负担的“五旬”与同样从简的“六旬”。最后一个“旬”——“尾旬”由全家操办，也是排场最大的“旬”。“尾旬”毕，则七七四十九，魂归极乐。

掌勺杜自忠突然遇害，“旬”的筹备可成了难题，好在王掌柜时隔多年重掌菜刀，好歹能勉强应付。这王充庆少时曾在华侨商馆的伙房打过数年杂。这灶头上的活儿，也算得他的老本行了。

吴钦平往嘴里塞了个刚上桌的肉丸子，赞道：“哟呵，王掌柜宝刀未老呀！”

“谬赞谬赞……许多年未掂过勺，勉强能入口罢了。”王掌柜倒是谦虚。他将细活儿交于小李与银子，便先入了坐。遗孀秋子让警方带了去，自然没能帮上厨房里的忙。即便她在宅子里，也没人敢在这节骨眼儿上使唤她吧。

负责通信的谢老头儿扫了一眼席上的人，推了推老花镜道:“一郎呢？”

乔世修这才察觉到少了一人，便起身想去找：“你们谁晓得他去哪儿了？”

“少东家莫慌，那小子最近就是老搞失踪。”老朱劝道。

乔世修刚回家不久，对一郎最近的动向不甚了解，才有此担心。看其他人的态度，似乎对此见怪不怪了。吴掌柜说明道：“那小子今年就要去服兵役，趁这当儿，他正撒欢儿逍遥呢。”

“哼，他还能上哪儿去？有便是酒馆呗。”王掌柜冷笑道。

“六丁目开了家叫‘干杯’的店，小妹儿们还有些姿色，一郎那浑小子他……”

一提这档子事，老朱可来了劲儿。但说到一半，才记起自个儿的大小姐也在席上，立马闭了嘴。

酒过三巡，菜过五味。席间充斥着线香的气味，令众人味同嚼蜡，场面非常沉闷。这满桌的油腻可不受前来诵经的僧侣待见，他们也不顾少东家挽留，祭典结束后便赶忙打道回府了。

席罢，自入座起便一言不发的纯，突然对兄长道：“我待会儿要去一趟辄访山。”

“辄访山？你去那儿干吗？”妹妹冷不丁的一句话让乔世修有些发蒙。

“治哥哥被警察带走那会儿，我心里一直在向辄访山的菩萨许愿，乞求他能平安归来。如今菩萨显灵了，我得去还愿才是。”

“唔，这合适吗？”乔世修犯了难，“听说，按日本的习俗，服丧期间是不能参拜神社的。咱中国人有这样的说法吗？我不是很清楚。吴叔，中国人有这方面禁忌吗？”

“禁忌？哥，你就一定要这么迷信吗？大学真白读了！”

“你少倒打一耙，我还没说你迷信呢！还学人还愿？”

“说我迷信？”女孩儿面露讥讽，“你自己先搞清楚迷信与信仰的区别吧。”

“笑话！你什么时候成了虔诚信徒了！”

一旁的“大哥”没头没脑地咋呼：“得去，得去！不去谢谢菩萨娘娘的话，她就会收回神通！俺到时就遭殃啦！”

“反正我要去。”有“大哥”护航，姑娘才不理二哥同意与否了，“我下午三点就出发，争取在晚饭前回来便是。”

“你执意要去，我也不拦你。我今儿下午也要去领杜叔的尸骨。”

家主人乔世修稍作片刻后便走开了，其余人也相继离席。下午的工作照常进行，店员则回到二楼办公室。陶展文闲来无事，便留在了大厅暂歇。其实，他之所以未离开，还有个更深层的原因——瞧纯的神色，显然与自己有话要说。

乔宅三楼有两个大厅，一为楼层南面的客厅，另一个则为此时陶展文等人所在，晒场前供奉“关二爷”的隔间，或许称其为宽敞的走廊更为恰当。

陶展文来到走廊尽头，此处正对海岸大道，墙壁的上半部分为玻璃结构，整体如室外阳台一般亮堂开放。

海岸大道便在眼皮子底下，临港铁路线与大道并排延伸，公路与铁轨之间隔了一道铁栅栏。铁道紧邻海滩，这块滩头被当地人称作“国产滨”，抑或“并天滨”，出海打鱼的驳船随处可见。

也是凑巧，一连串满载货物的火车，鸣着震耳欲聋的汽笛，自东向西缓缓驶来。车头烟囱喷吐出的黑烟，近乎将整片天空笼罩。这庞然大物吭吭哧哧地驶过“并天滨”时，远在乔宅三楼的陶展文，都能感受到脚下的颤动。

“好大的动静，地板都在晃。”陶展文自踏入这三楼入席起，就未与纯有过言语交流，这算是今天下午的第一句话了。

姑娘在窗边坐下：“是吗？我们早就习惯了。”一旁的“大哥”背靠窗沿，双目无神地望着线香，也不知在发哪门子的愣。女佣银子则手脚麻利地收拾着桌面上的碗筷。

火车驶过同顺泰正前方时，好死不死地再次鸣笛。陶展文瞬间觉得鼓膜发麻、双腿颤抖。他揉了揉耳朵，不满道："这逞个什么威风嘛！前边又没车辆汇入，又有栅栏隔断的，你说这鸣笛的意义何在？好像要时不时闹出些动静，生怕别人以为它在偷懒似的。好啦好啦，我晓得你很卖力啦，虽说是白费劲儿，要是能安静点儿，我……"

陶展文还未抱怨完，姑娘突然"噌"地起身，激动道："陶大哥！你有话但说无妨，何必要指桑骂槐！"

让姑娘这么一吼，陶展文愣了愣："小纯何出此言？"

早间与姑娘交谈时，便隐隐察觉到她有些情绪失常。如今说到这份儿上，姑娘索性也破罐子破摔了，双瞳中能喷出火来："哼，敢说不敢认？"

"我哪句话忤逆到你了？"陶展文感到莫名其妙。

"你方才说，火车很卖力，对吧？"

"我是说过，有问题吗？"

"然后，你说它在白费功夫，有没有错？"

"我哪句话出问题了？铁轨被栅栏隔着，有谁能接近？它这样鸣笛，不是无用功是什么？"

见陶展文满脸无辜，姑娘的神情稍稍放缓："你确定，这么说没有别的意思？"

"有趣了，你倒是说说看，我还能有什么意思？"

"好吧，我误解陶大哥了。对不起。"

姑娘勉强露齿一笑，嘴角仍在微微抽搐。在旁人眼中，这姑娘冰肌雪肤，衬上一张古典的瓜子脸，古韵佳人的深邃魅力一时无两。但深交后便能知晓，隐藏在这份冷清气质下的，是灼热的滚滚熔岩，一经刺激，便会喷涌而出。不待这喷溅而出的岩浆灼伤他人，眨眼间又会被其恬静稳重的气质所冷却：“对不起。我还误以为陶大哥在嘲笑某些人倾尽所有，到头来却是一场空。我刚才的情绪，是不是有些失控？”

“让我怎么说你好……”陶展文摇头苦笑，为缓和气氛，难得调侃道，“哎呀哎呀，看来今后在纯大小姐面前，嘴上可得有个把风的。祸从口出呀！”

姑娘羞愧难当：“陶大哥说这话，倒不如骂我两句实在。”

“我这人一根筋，肠子没那么多绕绕。指桑骂槐？含沙射影？我还真不会。”

“我瞧你方才的神情，不像是随口说说，所以……”

“不像吗？实话与你说吧。其实呀，我适才瞧见那情景，心里确实犯嘀咕——铁轨附近明明不会有行人通过，为何要鸣这汽笛？但我立刻释然了。这汽笛，正是为那些看不见火车的人而鸣的。不说远，身处内海岸的人们听见汽笛声，便会知晓方才有火车驶过。火车它呀，是在向外界宣告自己的存在呢。”

“我不是很懂陶大哥的意思。”

“这不是隐射，更不是指桑骂槐。这是赤裸裸的事实。”

“陶大哥，怪人。”

“谈不上怪人，只不过会忍不住去深究生活中那些不起眼的片段。说白了，便是国人的劣根性——爱凑热闹罢了。”

“不起眼的片段，就能让你这样上心。那这次的人命案岂不是……”

“你说呢？我昨夜是彻夜难眠呀，但仍旧理不清个头绪。”

“真就想不出半分凶手逃离现场的可能性？”

“现阶段，还真找不出。”

“其实呢……”姑娘犹豫了片刻，才继续道，“我倒有一个假设，就怕说出来贻笑大方。”

“假设？关于凶犯逃离方法的假设吗？”

“若按照我假设的这方法来，倒真能逃离现场。”

“真的？！”陶展文的声音当即提高了八个度，“我绞尽脑汁，设想过无数可能性，仍是陷入死胡同。纯小姐若有看法，但说无妨。不对，请务必告知陶某！”

姑娘让陶展文的阵势吓得一愣：“说错了，你可不能笑话我。”

“说，说！”陶展文催促道。

“依现今的证据来看，凶犯没有任何逃脱现场的可能性吧？”

“这点不容置疑，细想便知，晒场有乔宅与后院两个入口，案发当时，前者有银子坐镇，而后者更有一帮工人正装箱作业。你说说，凶犯能从哪个出口逃离？”

姑娘没有着急回答，而是等待银子收拾好碗筷离去了，才继续开口道：“凶犯只需提前个十多分钟，就可以从任意一个入口进入现场。”

“这点，我们已探讨多次。两点半前，后院的作业未开始，任谁都可以自由进入现场。至于乔宅这边，你方才也说过，瞧见银子在这扇窗子边上，朝外头张望，凶犯亦可以趁此机会溜进晒场。问题不在于如何进入现场，而在于如何逃离。”

“后院在动工，案犯行凶后，用直梯逃离现场的可能性基本可以排除。而我们家这头，有我与银姨堵着晒场门口。晒场东面更是无路可逃。往关西组的屋顶上跳，得做好丧命的觉悟。桑野家的屋顶倒可以向前跳到，但会传出巨大的声响。如此想来，剩下的路不就只有一条——我家屋顶。”

“这栋宅子的三楼屋顶吗？我也考虑过这种可能性。但之后呢？无端高了一层，岂不是更难逃脱了？”

“常言道：‘最危险的地方，便最是安全。’”女孩儿冷笑道，“谁能想到，凶犯就在自己头顶上数米处！”

陶展文也不是蠢人，瞬间便领会了对方的意思。他不由得重新审视眼前的娇弱少女，惊叹道：“醍醐灌顶，醍醐灌顶呀！尸体就在眼前，赶到晒场的人哪有闲心回头瞧身后的屋顶。那屋顶不高，爬上去或许会费些工夫，但下来，完全可以做到无声无息。只要在众人的注意被尸体吸引时，悄悄地爬下。厉害，厉害！”

姑娘不去理会自言自语的陶展文了，转而对“大哥”道：“世哥哥，咱们去拾掇拾掇，准备出门了。”姑娘走到楼梯口，忽然回头，美眸向陶展文别有深意地一瞥，便领着愣头愣脑的“大哥”离开了。

隔间内仅剩陶展文一人，他一手搭着窗沿，向外眺望。火车已没了影子，只剩下空中那尚未散去的黑烟，证明它曾经来过。

是谁？那时，潜伏在三楼屋顶上的人，是谁？

首先，不可能是从二楼往上赶的人，可以排除吴、王两个掌柜、老朱和从自己胳臂下穿过的厨房伙计小李。乔世修与“大哥”也做不到，他们俩是从各自卧房里出来的。撇去上述数人，不知是从何处赶来晒场的，应该不多。

陶展文的脑海中，隐约浮现出一个精干的和尚头——死者的继子一郎。他是在何时，从何处出现在惊惶的母亲身旁的？

小伙子那稚气未脱的面庞还没来得及在脑中成型，便被女孩儿那皎白胜雪的古韵娇容所覆盖。

吴掌柜的“歪理”

陶展文回到楼下会客室时，已不见富永警官那优哉游哉的身影，前来替岗的是一位眼神凌厉的警官，不得不承认，比富永更有警察派头。乔世修显然未适应这位接任者的节奏，疲于应付。

陶展文生怕被缠上，转头就开溜去办公室了。当务之急得向老朱确认一郎的不在场证据，案发当时是否与老朱一直待在仓库中。谁知，自己未被缠上，老朱倒让吴掌柜缠住不放了。也亏得吴掌柜在午间席上能忍这么久，还真难为他了。这不，一下到二楼，就露出了“真面目”。

想想去年暑假也是，陶展文便让这“大话痨”逮着了多次。在海岸村，上至掌柜，下至伙计，谁人不知晓“吴饮平”掌柜。由于“钦”字易被看错成“饮”字，大家经常叫错。后来，任吴掌柜如何抗议，村中人还是叫惯了“饮平”，不愿改口了。

“饮平”掌柜虽好贪杯，却从不劝酒。说实在话，他的酒量着实让人不敢恭维。三杯下肚，逮着人便一个劲儿地“倾诉衷肠”。做他的“倾听者”，可是件苦差事。陶展文尚且大感吃不消，老朱怕是已能倒背他的“酒余醉言”了吧！老朱瞧见陶展文进来，仿佛抓到了救命稻草，忙递来一个求助的信号。陶展文识趣道：“老朱，得空儿吗？有事儿找你。”

老朱如蒙大赦地应了声，转而向吴掌柜道：“吴老大，陶兄他有事儿找我，你看今儿就先到这儿。”言毕，就想起身逃跑。

“哎哎，急什么！”吴掌柜一把抓住老朱胳臂，又将他拽回椅子上，对远处的陶展文道，“陶老弟，你来得正好，来来，过来坐。”

陶展文心中无奈，却推脱不得，不情不愿地坐到了老朱身旁。吴掌柜醉醺醺地对新来的“倾听者”道：“你真是来对时候了！我刚与小朱谈到处世哲学！陶老弟也一样，仔细听着，这些道理呀，我轻易不外传的！”

老朱可怜兮兮地瞧着陶展文。陶展文还能有什么办法，只得向他回了个无可奈何的眼神——忍忍吧，忍忍就过去了。既然不幸被逮了，就心怀对长辈的敬意，侧耳倾听这“不外传”的处世术便是了。

“哎，小朱，我刚说到哪儿了？对了，吊车尾！绝对不要去做那吊车尾！吊车尾是众矢之的，是过街老鼠，人人喊打呀！但是，切记也不能有不切实际的野心，争第一，争上游也是最最愚蠢！‘物极必反，水满则溢’的道理你们可晓得？在我来看，只要不沦落到吊车尾，倒数第二是最平稳、最安逸的！听懂没，咱不争第一，不做末尾，咱的目标，就是倒数第二！”

果不其然，吴掌柜去年向陶展文传授的，也是这套“歪理”。怎么说呢，要做吊车尾还不容易吗？考试交个白卷，妥妥的吊车尾。但是，要稳稳当当地霸占倒数第二的“宝座”，可比争第一还不易。吴掌柜也说了，正是难度高，方能体现其价值。具体说来，有多难呢？——试卷上统共十道题，故意只做对一题如何呢？不行，若是其他学生超常发挥，难免会成为那倒霉的吊车尾。即便有人识相地交了白卷，如若有竞争者耍了滑头，只做对半道题，自己便要“屈居”于倒数第三了。那索性玩儿大些，做对三分之一？谁又能保证其余人会不会只做对四分之一呢……所以说，确保“倒数第二”这一安逸的“宝座”，不仅需要过人的实力、判断力，更重要的是运气。

“野心要不得，锋芒终伤身！缩着脑袋做人才是保身真谛！你们可记住了，倒数第二！”吴掌柜开始咬字不清，脑袋也渐渐往下沉。

“晚辈晓得了！”陶展文眼中满溢“慕儒之情”，“听君一席话，胜读十年书！但晚辈今日是真寻朱兄有急事，只得改日再听吴叔教诲。”

吴掌柜猛得睁大醉眼，死死盯着陶展文不放。半晌，他“嗖”地起身，双手按在陶展文肩上，铿锵有力道：“我方才说，野心误身，但这也是因人而异。朱汉生平庸之辈，野心误身！但是你，陶老弟，陶展文，你不一样！我敢断言，你绝不是平庸之辈。看你的眼神便知，这双眼睛，你，你……”

说到激动处，吴掌柜双腿一软差点儿摔一踉跄。他勉强稳住身子，仰面朝天，悲愤道：“啊，啊！这就是我吴钦平的人生！

碌碌无为的一生！但我，但我不后悔！我也曾放纵过、妄想过，这就够了！这就是我，一个平庸者的自白！我今儿说了这么好些，并不是在讽刺那些心存高远的人！各人有各人的活法，我无权指责。但我还是得说，朱汉生，你这凡夫俗子，就老老实实地像我这样，缩着脑袋过活！恪守‘倒数第二’的原则，懂没！但是你，陶展文！你有鸿鹄之相，我不会对你的活法指手画脚！你这骨骼，你这眉宇，不会错，不会错！”

这便是“饮平”掌柜的酒量了。陶展文见势头愈发不对，赶忙攥住老朱胳臂，向吴掌柜低头告罪：“吴叔，我们真得告辞了，改日得空儿定当登门造访，届时还望吴叔不吝教诲！”

“可恨哉，可惜哉，生不逢时呀！你若能出生在战国时代……”

吴掌柜又伸手想抓住陶展文，但烂醉之下，双手在空中胡乱划拉。俩年轻人趁机溜出办公室，老朱谢陶展文相救之恩：“感谢，感谢！让那老醉鬼逮着，可没法善了。这回，得亏有陶兄搭救了！”

陶展文调笑道：“细嚼之下，那番话还真有些味道。”

“可不？越嚼越‘味儿’。”老朱的表情活像吞了只苍蝇。

去年夏天，陶展文随吴钦平一同逛了趟百货。这“饮平”掌柜想购置一双凉拖。折扣货架上排有二十、三十五、五十，三种价位的凉拖，他也不细瞧，扫了眼价标，当即便拎了双三十五的。想来，多半是瞧准了这“倒数第二”的价格吧。

依稀记得，也就是当天购完物回家的途中，两人光顾一家面馆。“饮平”掌柜同样是瞥了眼菜单，便拍板道：“来碗狐面！”

陶展文接过菜单一瞧，果不其然——最便宜的是素面，紧接着就是这狐面。至于天妇罗、丸子等配菜，一律无视。即便是多花几个子儿，便能品尝到更划算、更美味的佳肴，“饮平”掌柜也绝不会考虑，这是原则性问题。

吴掌柜谈不上腰缠万贯，多年工作下来，也算小有积蓄。他是骨子里的“守财奴”，但其节俭有一个底线——绝不能沦落到最差！绝不选价格二十的凉拖，绝不吃最便宜的素面……真真儿有“气节”。

坚持穿最廉价的拖鞋，吃最便宜的素面……此类人常会被贴上“爱财”“守财”的标签。其实不然，与其打肿脸充胖子，力保这最后一层可有可无的颜面，不如舍下一切，顺其自然，还落得逍遥快活。

人性呀，这就是人性！理儿谁都懂，但又有几人能撒手，自己也不例外！陶展文内心潇潇，叹道：“话虽糙，却引人深思。”

老朱那大剌剌的心眼儿哪能想到这么深，犹自埋怨道：“宅里人还夸他酒品好，喝醉了不耍酒疯。纯属站着说话不腰疼！敢情，受害者就只有我一个？”

——吴掌柜对“倒数第二”的固执。

两人行至库门前，老朱再次向陶展文郑重道谢，陶展文制止道：“不忙谢，有事儿要问你。”

老朱还以为这只是借以脱身的说辞，倒有些愣神儿了：“搞了半天，你真有事儿找我。”

“事关一郎。昨儿下午，我和你家少爷经过这儿时，你刚从仓库里出来对吧？我想知道，那时，一郎是否在仓库中？”

“昨天下午吗？”老朱挠了挠头，含糊道，“昨天下午，仓库里可是忙得不可开交，一郎在不在的，我还真没注意。印象中，反正，我是没瞧着他的身影。得了得了，我给你问问其他工人去。”

“哎，不急！”陶展文赶忙攥住老朱胳膊，压低声音道，“你问归问，势必要做到不露痕迹。若是让一郎知晓有人在打探他的行踪，可得坏事。”

“得嘞，你还信不过我？”说完，老朱便开始在库房中物色询问的人选。正好，一中年厂工扛着告示板，朝库门走来，老朱顺势招呼道：“喂，辰爷！你中午又喝酒去了吧？一身酒气！”

别说，老朱的演技，还真像那么一回事。

辰爷“羞赧”一笑，露出一口常年遭酒精浸蚀的黄牙：“一杯，就一杯。”

“辰叔叔呀，你自个儿小酌倒罢，可别带坏了‘小辈儿’。你瞧瞧，一郎之前那滴酒不沾的。这两天，掉酒坛子里了！”

“这锅我可不背！你说，那小子掉酒坛子里？”辰爷比了比小拇指：“你确定，不是掉进这个坛子里？”

“不是吧？！”老朱把一双眼睛瞪得溜圆。

“哪里是酒坛子，是色坛子！”

“我也略有耳闻。莫非，就是那六丁目的‘干杯’？”

“可不就是！那家店的姑娘还算水灵。别瞧她们笑脸盈盈，人畜无害一般，讨起男人欢心来，个个都是好手段！”

“了不得，了不得……今儿中午老东家‘请客’他就没来。莫非天天如此？”

“一日不缺的！”

“这么说来，昨儿也没见他人影……”

“昨天自然也去了。”

“嚯，就说怎么找不着他人呢！他一天几点翘班的？”

“这我得想想……对了！昨天下午近海组不是运了十箱干贝过来吗？那浑小子，就是趁着大家伙儿都忙着交货的当儿，偷偷溜了！”

“近海组的干贝？”老朱故意拔高声音，好让身后的陶展文可以听见，“若我没记错，这批货迟到了十分钟。这么说，那小子是两点十分左右开溜的？可恶！然后呢，他几点回来的？”

“回来？回哪儿来呀！就今儿早，你猜那小子如何说的！——反正就要入伍了，还干个哪门子的活儿，要骂要炒，悉听尊便！这是什么混账话！年轻伙计，就是这么回事儿！”

待老工人发完了牢骚，老朱向身后的陶展文使了个眼色。陶展文会意，点头让老朱“收兵”。

一个钟头的午休眨眼便结束，工人们陆续投入到工作中。晌午一过，便轮到各“屋”的仓房忙活了，早间在海岸村敲定的商品，会在当天下午送达。这不，悠闲的午休时光过后，一辆马车便停靠在同顺泰仓门前。一个男人矫健地从马车上跃下，年龄约莫三十许，腰间系着“滨田商店”的围裙，高声朝仓门内吆喝道：“一等松乌贼三十俵交货！”

老朱忙赶到仓门外，笑骂道：“吼什么！我们又不耳背。”

“同顺泰‘庙大’，不大声些可不成。”送货的男人是“滨田商店”的掌柜，他继续调侃道：“不大声些，谁能上心我们这些小店。”

“滨田老大，此话怎讲？”

“嘿，咱海岸村谁人不知呀？你们同顺泰有桑野这专用批发商，咱这些小门面，哪入得了你们的眼呀！”

“瞧您说的，那您身后的马车上是啥？”

“你说这三十俵松乌贼？”滨田掌柜语中的嘲讽之意更胜，“零头！若是要五百，一千俵的货，你们还能找上咱？”

“货比三家嘛。你家价格没优势，怨不得谁。”

“笑话了！即便咱家贴本白送，怕也没法让你家‘见异思迁’。”

“那倒未必，别忘了咱家‘改朝换代’了。待新任的少东家多跑几趟买卖，就会懂得贵店的妙了。”

“你是揣着明白装糊涂呢？我拿招牌与你打赌——这一经‘换代’，你们同顺泰，更是坐实了‘桑野专用’的位置！”

“何出此言？”

“朱仓管，都是明白人，不装好吗？谁人不知，桑野家有如花似玉的辉小妹。谁人不知，你家世少爷与那辉小妹的关系……”

“差不多得了，别烂嚼舌根！”老朱眉头一紧。滨田掌柜仍一脸死猪不怕开水烫的样子，“我说错话了，掌嘴，掌嘴……桑野东家那叫一个英明神武，运筹帷幄！与你家大老爷的同盟，更是业界佳话！投机松乌贼，垄断萝卜丝，这钱呀，是哗哗地往腰包里掉，嘴都得笑抽筋咯。”

“在这掰扯他人的成功故事可捞不到钱，有这闲工夫，琢磨赚钱的法子去！”老朱心里挺不得劲儿。

“琢磨着呢，彻夜琢磨——照搬桑野东家的那一套可行不通，混现今的海产业界，靠的是精打细算，早不是可以垄断的年代了。对了，听说桑野东家最近又开始倒腾米市和股票，祝他好运吧。”

“听你的语气，好像不是很顺利？”

“倒谈不上不顺利吧，只是近来有些资金周转不开罢了，桑野东家还咬得住。你们同顺泰若愿意施以援手，倒是可以赌上一把。”

“很遗憾，咱的新东家可没遗传先代那‘好赌’的性子。”

两人这一通闲聊下来，工人们也完成松乌贼的交付。陶展文见老朱开始忙碌，不便打扰，便回二楼房间去了。

消失的搬运工

午后，纯故意待乔世修外出，才领着“大哥”离开家门。兄妹两步行至荣町铁道处，喊了辆出租车。女孩儿一路指引司机，先正北行至市区电车的山手线，再东拐，先后路过县立女校与议会所，再重新朝北开去。

女孩儿一路不住地回头观察，自荣町出发起，便有一辆出租车有意无意地跟在身后百米处。女孩儿使了个心思，让司机向东面绕道，那辆车果真死死咬了上来，不用多说，是在跟踪自己。

“大哥”自然没那心眼儿，全程傻兮兮得望着方向盘发呆。他在车中便早早地套上了用于防雾的雨衣，怀中抱着一个波士顿包。出租车行至辄访山小学时，“大哥”从包中取出一双运动鞋，递予妹妹，待其换上，再接过高跟鞋塞进包中，一连串动作不见丝毫拖沓。

宽敞坡道的尽头，便是金星台门楣。左拐行驶一段距离，一道道石阶挡住车辆去路。石阶深处，隐约可见辄访神社的石牌坊。石阶两侧的坡道分别通往武德殿与金星台，非常陡峭。

也不知从何时开始，辄访神社长年来一直被在留华侨奉为守护神。要说他们心中的信仰圣地，当属位于中山手的“关帝庙”。眼前的辄访神社与位于新开地的松尾神社，在华侨信徒心中的地位丝毫不亚于“关帝庙”。中国东南沿海信奉海上守护神“妈祖”，而“松尾”与“妈祖”发音相似，因此松尾神社成为众华侨的精神寄托。但辄访神社为何能受神户华侨的青睐，便无确证可考了。来此处参拜的多为华人善男信女，神殿前还专程配有中式的跪垫。

跟踪的出租车在坡道尽头向左转，没有停靠在牌坊旁，而是驶至武德殿附近才缓缓减速。目标车辆在武德殿门前下坡，后窗的两个脑袋却没了踪影。跟踪车辆赶忙掉头，折返回石阶入口，头戴黑帽的尾随者夺门而出，登上阶梯，大步跑向牌坊，前方远处仅能隐约瞧见目标女孩儿的背影。黑帽尾随者停下脚步，环顾四周，哪儿还能找到目标男性的踪影。他一拍大腿，懊恼道：“糟糕，把男人跟丢了！”

是继续追踪女孩儿，还是转而寻找失踪的男人——黑帽追踪者一时间陷入两难。右手边有一条窄路通往隔壁金星台的坡道，左手边则可通向武德殿。

一番抉择下来，跟踪者最终还是决定把重点放在男人身上，他拐向右手边的窄路，口中嘟囔道：“这就不是一个人干得了的差事！”

女孩儿回过头观察黑帽男的行动，见对方的身影消失在横道，她仍驻足在原地。片刻工夫，方才离开的出租车竟驶回了石阶入口处，牌坊身后蹿出一个男人，钻进出租车。男人一口蹩脚的日语：“省线六甲口，越快越好！”

见出租车驶离，女孩儿面露一丝狡黠笑意，这才挪开步子继续登石阶。

半晌，黑帽男才绕了个大圈，从右边坡道折返至石阶下。他迅速扫了一眼石阶左边通往武德殿的坡道，确认无目标踪影后，才恍然大悟，一步三阶地朝神社飞奔而去。

果不其然，神社内哪还见得女孩儿身影！黑帽男无奈，只得在社务所窗口咨询了数个问题，便懊恼而归了。

视线回到两点前——乔世修赶在兄妹俩之前离家，去认领杜自忠的遗体。他外出后，并未立即打车，而是步行出元町，来到三丁目一家名为“晓”的咖啡厅。落座在最靠里位置的姑娘冲他挥了挥手，乔世修欣然一笑，赶忙迎了上去：“辉妹，久等了？”他抬表一看，“你来早了，这才刚两点。”

桑野辉子娇俏地摇摇脑袋，甜腻腻道：“人家今天好忙的，待会儿还得赶回去工作呢。”

“唉，谁不是呢……”乔世修坐到姑娘身旁，“真是烦也烦死了！”两人要了红茶，便不再开口说话，只是含情脉脉地注视着对方。

对视半晌，姑娘率先破颜而笑："呵呵呵……世哥哥，你说我怪是不怪？咱俩每日低头不见抬头见，为何还要专程挑这样一个地方，什么都不做，就单单看着对方。而且，怎样看都看不腻。反倒是隔三岔五不这样看一回吧，心里空落落的，不是个滋味儿。"

"要说怪，我最近的心境才是怪得很呀——老爹这么一走，主心骨没了。但从今往后不再受制于人，凡事总算能随着自己的心思走了。真是，不知该悲伤，还是该庆幸。"

"不再受制于人？"姑娘狡黠一笑，"也不受纯妹妹的管束了？"

"别挖苦我啦。"乔世修苦笑。

男女情到浓时，桌面下，两只悸动不安的手不听使唤地缓缓接近。就在姑娘的手轻柔地碰触到男人的手背时，乔世修如触电一般，立即将手抽了回去。女孩儿见状，幽怨道："为什么？"

乔世修心中天人交战，苦恼道："我……我还在服丧，不能……"

"也是。我们……再忍忍就好。"辉子言罢，不舍地将双手归位于膝盖上。

"忍忍就好吗……"乔世修有些难以启齿，"你父亲那边，能同意吗？"

女孩儿闻言，愁容隐现："应该不会阻挠吧？"

"不见得吧，他就你这么一个独生女。"

"唉……你要是上头有几个兄长，可以入赘，就皆大欢喜了。"

“入赘？不可能！”乔世修态度坚决。

“爸爸说，如果我真能找到门当户对的好人家，他也愿意放手的。”

“他嘴上如此说，难……再者，我是中国人，桑野叔叔他能接受跨国婚姻吗？”

“在这海岸村周边，还谈国籍之别，端得让人笑话。”

“在旁人眼里，或许是笑话……”乔世修痛苦地咬唇，“但在我们看来，这确确实实是一道难以逾越的鸿沟。桑野叔叔一定会这样说——我桑野家，与乔家是世交不错，但谈婚论嫁却得另当别论。”

姑娘轻抿了一口红茶：“你又不是他肚中的蛔虫，为何要把事情想得如此悲观呢？”

“唉……我会向你父亲当面确认，但这至少要等到家父的‘尾旬’过后。”

“嗯，这是必须的，我能理解。”

乔世修见时候不早，不舍道：“待会儿还有份苦差事等着我，麻烦得很。”

“那你打算几点回家？”

“我不知道……”

“矢部叔今天出差去了，待会儿我得负责虾干的交货。”

“那我尽量在那之前回去吧……”乔世修的态度不太明朗，“回了家还有一堆烂摊子，我是一刻也不得闲。”

“是啊，真是多事之秋，近来确实辛苦你了。”

“唉，这不都赶上了吗？”

“下次像这样独处，不知又得拖到什么时候了！”

“下次我们最好再换个地方……”乔世修警惕地环顾周围，“下次我们最好约远一些，三之宫如何？明天得操办杜自忠的葬礼，然后是一大摊子善后工作……是呀，再见之日遥遥无期啊！”

下午三点半，同顺泰大楼隔壁，关西组事务所。

关西组组长是一个典型“黑帮头目”形象的胖老爷子，年龄约莫六十许，健硕丰满的身板令人倍感踏实，下垂至面颊的眼袋又彰显出其威严。那一帮自命不凡的搬运工，在他的管束下，如鸡仔般服服帖帖。

然而老爷子此时此刻正在事务所的会客室内，面对一个其貌不扬的访客，极力地辨明着什么，又是擦汗，又是鞠躬，言行极为狼狈。这般卑躬屈膝的态度，与平日威风八面、一言九鼎的模样大相径庭。

胖老爷子将一个年轻搬运工喊进会客室，告知其原委。搬运工可不晓事理，对两位访客的语气相当不善：“你们在怀疑老爹的话？！死人的那天，阿龟和健太就一直在大门口下棋，我和阿武在一旁围观。午饭前，绝对没有其他人打那儿经过！——你说啥？观棋入了迷，给看漏了？笑话！你以为那俩蠢蛋是啥？国手吗？再说了，我这双眼睛也不是摆设！不信？你们可以再去问问阿武，看看他如何说！‘黑痣’佐藤那小子昨儿哪有在门口出现过！也不知你们从哪儿听得的！”

胖老爷子听属下的语气愈发不成体统，训斥道：“阿松，注意态度！这两位可是警官！”

“不妨事，小年轻嘛。”作答的是其中一个面相和善的访客。另一人下颌贴着一张创可贴，一双死鱼眼逮着人便死死盯住不放，很是让人不舒服。

老爷子将这叫个阿松的小伙儿打发出去，然后向两名警察致歉：“是我平日里太放纵这帮浑小子了，若有得罪，还请多多包涵。”

这时，一个上了年纪的警官进屋，估摸着是来汇报进展的：“你们说怪不怪，压根儿就寻不着有人外出的线索。想离开，便只有通过桑野家仓库一条路！午休时仓库里空无一人不错，但今儿中午，库门只开了中间那扇，其他的都从外面上了闩。这扇门开着是开着，但午休时，有一伙女工蹲在门口吃饭盒，其余工人们基本也就在不远处晃悠。再者了，还有一群批发铺的小伙儿在库房前的空地上玩抛接球。我就不相信了，那佐藤就真能无声无息地躲过那么多双眼睛溜走？首先，女工那一关，他就过不了！”

“听你的意思，是打算完全否定这条路线了？难道从桑野店铺就出得去？”创可贴男皱眉，“那头更是一直有人守着。”

“难道还有其他出口？”年长警察叹道，“至于同顺泰的晒场，这会儿可是有进无出。昨儿案发后，三楼的所有出入口就被锁得严严实实。”

关西组老爷子的口吻带着一丝无奈，带着一丝世道艰难：“那小子怕也是吃不了苦，开溜了呗。干咱这行，搬运工不辞而别是家常便饭。我今儿中午还寻过他来着，左右寻不着，心里便有数了。”

“好吧，就当你说得没错。”年长警察可不受糊弄，“你们就不费解？一个大活人，就这样平白无故地从店里消失了？他能穿墙，会隐身不成？”

“也是，真真儿是见了鬼！”老爷子摩挲着自个儿圆鼓鼓的肚腩，警察这一提，倒把他的一颗心悬得老高。

回到同顺泰仓库。

一郎也不知何时回来了，正吊儿郎当地赖在秤旁的椅子上愣神儿，老朱则在角落清点杂货。

同顺泰除了主营海产，另外还零零散散地承接一些日常杂货的出口海运。一口口满载杂货的木箱原封不动地被搬上船，远销各国。放在以前，全程负责运输的同顺泰，从头到尾也不知箱子里塞着什么玩意儿。按业规，箱内会装有一样件，上头标注着商品编码，买家要进货，通常直接用编码下订单。例如说，订单上会直接写着“两箱 F562”。同顺泰仅负责照单向大阪的供应商下单，至于这 F562 是玩具还是文具，就不是其该操心的事。新东家乔世修可不敢担这风险，给下头下了死命令，箱子上船前，都得进行开箱确认。这苦差事自然得落在仓管老朱头上，他正苦兮兮地挨个儿取出箱中的粉笔、水彩，仔细确认无误后，再一一记录在案。

眨眼便是下午四点，陶展文路过库房门口，余光瞟见在里头忙碌的老朱，便驻足招呼道：“哎，老朱。”

老朱闻声，撂下手中的铅笔，迎了上去：“你倒悠闲，要出门？”

“待会儿就闲不下来了，得到富士报社去对付鹤田记者，先前答应了他。”

“还早呢！来来来，我领你参观参观库房里的工作。”老朱正愁气闷，抓着陶展文的胳臂就往仓库里拽。

两人正在仓库里闲扯，一辆驮着木箱的拉车“嘎吱”一声停在库门前，估摸着是隔壁桑野家送虾干来了。伙计卸了货，便拉着车返程，不一阵儿便运来了下一批货。这趟桑野辉子也跟着一起过来，简单寒暄后，辉子笑容可掬地对老朱道：“朱库管，您待会儿还要‘看贯’吗？放心啦，咱家的货，保管‘补量’足足的，大可不用费神过秤。”

“您家的货，我自然千万个信得过！但您看，咱少东家吩咐过‘不过秤，不入库’的。”

“既然你们少东家这么说了……”辉子的笑容僵了僵，继续道“那就请便。”

“那便从这个开始。”老朱随手指向最近的一个木箱，“报皮重！”

箱身上用粉笔写着货物的重量，一个工人确认数字后，高声报道：“十五斤！”

“皮重”特指容器的重量，也就是说木箱重十五斤。

“磨蹭什么，取来过秤呀！”半死不活地瘫坐在秤旁的一郎不耐烦地吼道，看来这是他负责的活儿。男工忙不迭地将木箱扛上秤台，一郎应付地拨了拨秤砣，事不关己般道：“一百二十斤整！下一个。”

陶展文打从进入仓库起，便暗自观察着一郎的言行举止。老朱干活儿也是做一天和尚撞一天钟，但比起有些自暴自弃的一郎，倒称得上称职。

“哼，一百二十一斤，白费劲儿。”一郎纯粹是敷衍的态度。

“看贯”结束，老朱清点完箱数，在收货单上盖了章，不怀好意地笑道：“辉大小姐呀，眼瞅就要入季，新一批海虾的前景如何呀？”

“滩头那边还未收网，暂时还不晓得。”女孩儿一本正经地分析道，“如果这会儿把一些旧货便宜处理了，一旦收网惨淡没新货入库，还不把肠子悔青了。所以，我们家还压着一俵，给自己留些底。”

“高明！”老朱假意奉承，语带讥诮道，“这眼瞅着天气要转热，只盼呀，别生虫了才好。”

“那可不劳朱库管您操心啦，咱家好歹生活在现代，一台冷柜还是供得起。”

女孩儿回攻，老朱自讨了个没趣，便转移话题道：“对了，你家矢部掌柜何时回来？”

女孩儿接过收货单，仔细地折好塞入怀中，答道：“估摸着就是明儿吧，但之后马上又得陪爸爸去各产地调研。”

“哎呀？你家大将这回要亲自出马？什么时候？”

“怕是要拖到杜叔下葬后。”

“赶紧地，挑块便宜的产地，卖给咱家也实惠一些。”

“那可不成，在商言商嘛！”女孩儿被逗笑，随之一脸严肃，“只盼望这次的事件能早日告一段落才好，这叫人如何安心做生意！你们可否有听说——今早，关西组有一个搬运工失踪了！现在呀，整条街真是人心惶惶。”

“你说那帮混混儿？”老朱鼻孔儿出气，“失踪个鬼，多半是泡酒坛子里了！”

“但警方可较真儿了，今早就到咱家店里刨根问底，说是有未见过一个右面颊长痣的搬运工。”

“痣！”陶展文闻言不禁身形一震，没人注意到他的异样。

辉子又拿出标志性的笑颜：“一郎，看贯好了吗？”

“好啦，好啦，真不知有什么好看的，桑野家的货，还怕缺斤少两不成！”小伙儿早就不耐烦了。

小老板娘闻言如释重负，瞬间没了方才女强人的模样，忸怩地低声问老朱道：“世哥哥他，有没有在楼上？”

“你问东家呀，他上警署去了，还未回来。”老朱回答，还不忘摆出一副“同情”的表情。

女孩儿的眼神瞬间黯淡下来：“他不在啊，好吧……”

一郎拿斜眼瞥了眼失望的女孩儿，嘴角露出一丝不屑的笑意。这一细微表情，让一旁的陶展文瞧了个清清楚楚。

摆渡杀人传说

傍晚。富士报社二楼。

陶展文如约而至，反倒是鹤田忙于公务无暇应对。陶展文坐在一旁等待，随口问道："我刚在报社里走了走，你们这儿的三楼，好像闲置着没用？"

"楼上吗？那层是贵宾室，专门用于接待从本部下来视察的高层，一年也就用个两三次吧。"

鹤田把一摞文件塞进抽屉，总算是处理完了手头上的活儿。两人离了报社，随意找家食堂应付了晚餐，随后，鹤田领陶展文到住处小坐。

鹤田独居在一个二十余平方米的出租屋内。进门后映入眼帘的便是遍地散落的报刊，紧随其后的是胡乱摆放在书桌上的原稿，房间主人邋遢的性子可见一斑。更令人无法忍受的，是那床占据房屋中央的炉被，要知道，如今已是四月。

“有些乱吧，让您见笑了。”鹤田尴尬地捋了捋头发，嘴上道歉，但听得出，他心里可未必有多在意。果不其然，他不愿在房间的整洁上多做文章，直接切入正题：“邀陶先生的目的，今早也提过。”鹤田掂了掂手中的原稿，“我最近在搞小说创作，故事中会涉及宣义这个地方，所以急需宣义的相关信息——哦哦，用的自然是化名。您曾亲身到过那地方，所以还请不吝赐教。”

“您自己都说是‘创作’了，大可天马行空地去虚构，为何要拘泥于参考这真实存在的地点呢？”

“‘创作’也需要根源呀。天马行空有趣不错，却难免空洞。不求详尽，但至少要有个模糊的印象。放心，我绝不会将您提供的材料照搬。实不相瞒，这次创作，也是基于从某人那里听得的亲身经历！不妨再向您透露一些，这个‘某人’还是您的同胞，也是中国人。所以，您大可放心，若是我将你们提供的材料都照抄了，还叫什么‘创作’！”

“小说的舞台，设在宣义？”

“不不，舞台在神户，宣义只会出现在回忆里。”

“既然是回忆，岂不是越是虚无缥缈，越是真实？”

“能否为读者营造出这种氛围，凭借的是作者的创作功底，并非凭空虚构。相反，越是虚无缥缈，便越需要有现实作为依据，否则，岂不成了自我陶醉？所谓创作，便是基于现实，却有意脱离现实。说实在，我也不确定您提供的信息能否用于创作中，我所追求的，仅仅是用以‘脱离’的现实。”

“那位来自中国的‘某人’就没顺带给你介绍过这个地方？他应该更清楚，何苦问我？”

“他自打三岁丧父，便随母亲漂泊异乡去了，对故乡已毫无印象。”

“正主且如此，你又何必强求？至于回忆，寥寥几笔带过便是了。”

“不成，我将他的经历稍作了些改动——把主角离乡时的年纪改成了十岁，再一无所知怕就说不通。隔壁同顺泰的吴掌柜也是宣义祖籍，我与他经常一块儿下澡堂子。能问的早问了，他更糟，根本没回过祖籍。”

要说这鹤田记者，在本职工作上难称佼佼者，甚至还有些迟钝，但谈及小说创作时，双目所迸发出的活力，倒令人刮目相看。这专注的神情，竟与纯有几分相似，这让陶展文也不忍再拒绝。

见眼前的年轻人略有动意，鹤田忙趁热打铁，将一摞原稿递予陶展文：“这是一部分原稿，想请您过目。还在草稿阶段，献丑了。”

陶展文先简单瞥了一眼，潦草的铅笔字密密麻麻地填满稿纸，要念下来，恐怕得劳心费神。话都说到这份儿上了，看呗。陶展文怎么忍心亵渎他人倾尽心力的作品，带着敬意，一字不落地精读起来——

明明已暗自发誓要戒掉啃手指甲的怪癖，不自觉地，我又把手指塞入嘴中。桐野家千金光子不客气地给了我这怪癖“缺养少教”的犀利评价。细想来，她这般不顾及他人的心情，又谈何“教养”？

但我不生气，生不起气，谁让我打心眼儿里中意她这不拘小节的性子呢。

让人无法生气的姑娘，让人……心生仰慕的姑娘。脑海中一浮现出她的姣颜，便掩藏不住唇角的笑意。世间有她，给我那尘封孤寂的内心平添了一道亮色，却难改其灰暗的本质。

也就是最近，这蒙在心上的灰暗，竟有了一丝褪去的势头。这究竟是……我不知所措。要知道，灰暗，才是我迄今为止的人生主色调，自己真的能适应其他颜色？若是颜色渐白、渐淡……我不敢继续往下想。脑海中，有个声音在反复问自己："舍弃了自我，余下的人生该如何走下去？"

指甲微咸。不要紧，没人瞧见，尤其是光子，正全神贯注地整理账簿。她虽身为巾帼，却亲自下到环境恶劣的库房监督装箱，忙活了大半天，回到店中连口气也不歇着，便继续倒腾令人眼花缭乱的账目。不带一丝顾虑，没有一句怨言，兢兢业业，孜孜不倦。眼前的女孩儿，好耀眼！耀眼地令我自惭形秽，令我不由得加大啃咬的力度。我正沉浸在牙齿划过指甲盖的触感之中，桐野东家微愠的嗓音，如一声炸雷："你在发什么呆！通知装运的联络函写好了吗？"

我惶恐地摆正坐姿："写，写好了。"

"这还差不多。"东家也懒得同我计较，继续低头捣鼓算盘。桐野是典型的白手起家，曾记得三十年前，我还是那一呼百应的少爷，脚踏磨光的大理石地面，不可一世地一步三摇，恣意地将玩具摔在奢华的黑檀木家具上。而那时，眼前这对我呼来喝去的男人，只不过是在阴湿难闻的海产仓库中起早贪黑的小伙计！也罢，我去纠结这个做什么，他仅是我生命中的一匆匆过客罢了，是贵是贱于我何干？

当然，在场有一人绝非匆匆过客那般简单，而且每天都会在店中遇见。此时此刻，这个男人就在我前方数米处，他全然没将我这个小杂役放在眼中，正与老板聊得起劲儿，话题好像涉及纺织市场，反正我听不懂。

我极力保持着最后一丝冷静。

那时，那一天，眼前的男人没有下手，而是站在一旁发号施令。挥动船桨的人，成天也在附近晃荡，搞不好下一秒就来了兴致，晃悠到店里来。同样，他也视我如无物，逮着桐野就大谈某家商船又赚了大钱，我也听不懂。

曾几何时，他们在渡船上，干着染血的勾当。如今却摇身一变，成了正派的生意人，动辄便是千万入账！想到这里，我的牙根越发痒了，要知道，我一个月的薪水，只有七十元[1]。

每天早晨睁眼后的第一件事，便是抬手确认指甲的长度，是否足够一天的用量。若前天夜里有幸长出了新甲，那便是上天的恩赐。但新甲的生长，毕竟赶不上消耗，难免用尽。这时，我会盯着光秃秃的甲床，泫然欲泣。如此悲剧，我却无力摆脱！我欲哭无泪，我痛苦挣扎，我心若死灰。光秃秃的甲床，好似向我宣

[1] 即日元，日本的货币单位，是日本的官方货币，于 1871 年制定。

告死刑的判官。死到临头，我想竭声哭喊，但那发自内心的恐惧，却令我作声不得——我猛地从床上弹起，汗湿枕巾。又是噩梦！梦魇出自何处，我心知肚明。近来，耳边时常会响起呼唤我的喊声，仿佛从天边传来。呼喊来自何方，我亦心知肚明。每每如此，我总会微阖双目，宣义的种种，如放映胶片一般，一张张在脑海里掠过，那座山，那条河……

文字及此而止，余下半页空白。稿纸的分割线外，留下了数个潦草的小字——“调查宣义”。看来，这半页空白就等着陶展文来填充了。紧接余白，文章再起，唐突地出现了一个惊为天人的少女角色。值得一提的，是对这个少女的外貌描写——冰肌雪肤，茶色双眸……

读到这里，陶展文不禁抬头瞥了一眼作者，却见对方双目微阖，显然是不欲打搅他人赏析自己的作品。

陶展文只得将视线移回文章——小说中的“我”与这位美丽的邻家少女坠入爱河。不幸的是，她竟是“那个男人”的女人。“我”的内心陷入两难。接着，便是“禁忌之恋”“悲剧”“命运”等俗套词汇的轮番轰炸。

陶展文疲倦地揉揉眼，大致懂了——笼罩在“我”内心中的灰暗，因热恋逐渐褪去，而这是万万要不得的！所以“我”在热恋的甜蜜与内心的灰暗之间痛苦挣扎。

造化弄人！命运呀，你何苦要这般戏弄于我？难道三十年前的悲剧，还不足以弥补我前世所犯下的罪过吗！

文末的感叹号力透纸背，草稿到此为止。见陶展文收起原稿，鹤田迫不及待地问道：“读完了？感觉如何？故事的主线大体就是如此了。”

“嗯，大致理清了。恕我直言，这种‘爱上仇人女儿’的剧情，是不是有些老套了？”

鹤田有些尴尬，干咳数声道：“果然还是落俗套了。我只是据实描述，常言道‘世情之奇，更胜小说’果真不假。难道，我还得故意将实情平淡化，读者们才肯买账？”

“莫非，文章中出现的角色，都确有其人？”陶展文问道。

“是的。”

言及此，陶展文心里也有了计较，他寻思半晌，提醒道：“那可得留心写实的程度，若过于贴近，岂不是侵犯了别人的隐私？”

陶展文好心提醒，鹤田却有些不开心了，皱眉道：“这是最基本的创作操守！这部作品，完全由我一人独立完成。再者说来，这个‘原型’是盼着作品能叫座的。”

“难道，给你提供故事的人，也是故事中的‘原型’？”

“可不是嘛！您是有所不知，他最初来报社找到我时，就恳求我将他这段经历匿名登载在我们的报刊上。”

“你就不觉得可疑？”

“您这样说，我可不敢苟同。干我们这行，见多了倾尽所有，只求将往事公诸于世的人。那人也明言了，这样做是为了慰藉死于非命的父亲的在天之灵。”

“结果呢，你们给他登刊了吗？”

“不可能。”鹤田摇头，“首先，这段故事并非发生在日本。再者，当事人尚且在世——确切说，是当时尚在世，且是当地有头有脸的人物。新闻最忌讳一面之词，若要登载，便难免要取材于当事人。我是不是要巴着张脸，问那当事人‘三十年前，您是不是在渡船上杀过人’？更何况现在是想问也问不着——唯独的两个当事人竟说没就没了。如今，上报纸是没戏，却另辟了一条小说的道路。您想想，作者将事实咀嚼成碎末，再重新拼接为一个全新的世界。即便是提供者，面对一个全新的世界，又有什么权利去指责呢！”

“嗯，有理。”陶展文答道。

鹤田越说越起兴，浑然不知自己嘴上没了把门的：“不妨再给您透露一些——我这本小说呀，有两个主题。如何将两个主题浑然天成地糅合，拢成一条线，才是真正考验作者功力所在呀！”

陶展文也不去搅扰鹤田的兴致，顺着话头道：“愿闻其详。”

“第一个自不必说，自然是罗密欧与朱丽叶式的禁忌之恋了——在命运的捉弄之下，男主角的苦闷、抗争与徒劳！”

“唔……第二个呢？”

“两个字，嫉妒！”鹤田兴奋地竖起两根手指，“主人公出生富贵之家，本该锦衣玉食。奈何三岁时父亲为强盗所害，从此家道中落——哦，当事人依然记得当时的事，但在时间上，我还是自作主张地将这三岁改为十岁，也是为了让读者更容易接受嘛。细想一下，曾经是锦衣玉食的富家少爷，如今却成了寄人篱下的打工仔，怎能不让他因妒生恨？而东家的独生女，仿佛便是那恨意的尖端，狠狠扎在主人公的心口上——她，与那杀父仇人的儿子出双入对，好不甜蜜！这凭什么！”

鹤田一时词穷，苦于如何凭只言片语表现主人公强烈的情感冲突，陶展文会意：“嗯，大多领会了。”

鹤田撇不下面，苦笑自嘲道：“大体如此。没法子，搞文笔创作的人，难免嘴笨。”

“毕竟写作和口述是两回事儿。愈是拙于言表，才愈是文思泉涌嘛。”

“陶先生所言在理。”陶展文一句安慰，多少让鹤田找回些自信，“对呀，作家一向是拙于言表的。我算很好了，嘴是笨些，但至少能让人领会。”

对方有些打蛇随上棍，陶展文忙转移话题：“这作品怕是规模不小，这好几页的，感觉只是开了个头。”

“是的，方才您拜读的仅是序章而已。”

“接下去故事会如何进展呢？抱歉，这问题冒昧了，我只是挺好奇——接下去，是否会发生命案？”

“命案呀，”鹤田无奈道，“不瞒您说，推理创作是我的软肋。但好死不死地，那原型偏偏就被卷进了一起命案，您说倒霉不倒霉？”

“嗯，倒霉。”陶展文“同情”道。

“哎？等等，等等！”鹤田“噌”地从地上弹起，“陶先生，你为什么知道会发生命案？莫非，您认得那原型？”

“猜测罢了。”陶展文也不想再绕弯子了，“桑野商店的文书郭文升，对不？”

“就是他！”鹤田一拍大腿，继续道，“若不是从警察那儿听说，那郭文书有不在场证明，我还真敢笃定就是他对乔家杜掌勺下的手！案发时——哦，也就是晒席打楼上掉下时，他与桑野东家路过后院前往同顺泰仓库，听说，还有一张晒席差点儿砸中他脑袋。知晓其中内情者怕是寥寥可数，否则单说警察那头，他就不可能善了。但他有不在场证明护身，警察也无法动他分毫。”

“不是郭文升干的。”陶展文笃定。

鹤田换了个舒服的坐姿，盘腿而坐：“管他呢，反正我是没打算把这倒霉事儿搬进我的小说里，咱写的又不是纪实小说，对吧？不扯远了，宣义的事儿，您看是不是……”

陶展文如何能一五一十地记清，毕竟仅仅是年幼时的匆匆一瞥。他试着拂去覆盖在记忆上的灰尘，娓娓道来。

重现在脑海中的，首先是盘踞在宣义附近的那片深山老林。“深山老林”是夸张了些，毕竟是在个幼童眼中，估摸着只是一片稀疏的小树林罢了。附近的景致给人一种深不见底的错觉，多么轻微的声响，仿佛都会引起无限回音，用“石钟响送，铜锣声驰”来形容，再恰当不过。

“山中是否有寺庙？”鹤田也不闲着，抛出许多疑问。

“寺庙嘛，记忆模糊了，印象中寺庙大多依山而建。父亲还领着我到某座庙里烧香，寺庙坐落在深山之中。在当时的我眼中，有种‘曲径通幽’的感觉，幼稚孩童嘛。”

鹤田一字不落地将每句话记录。该说的都说了，创作取材告一段落。“对了，关西组走丢了个搬运工，不晓得你听说没有？”陶展文问道。

“走丢了？怎么回事儿？”鹤田显然不知晓。

“听你语气，消息还未传到你们报社吗？”

“失踪案件？”鹤田笑了，“这地界虽不算大，可天天都有人玩儿失踪，哪算什么稀罕事儿。”

转眼过了八点，陶展文不宜久留，便道别离去。途经一条六丁目小巷，竟偶遇那家名作“干杯”的小酒馆。闲下无事，他决定进去小酌两杯。

他点了杯酒，便随意在一个工人打扮的大叔身边坐下。这大叔似乎是店中常客，与老板娘很是熟络，言出调侃：“妈妈呀，咱打个商量——把你家小薰许配给俺成不？”

老板娘也懒得应付这酒鬼，卖笑道：“你找本人商量去。”

大叔面皮颇厚，揉了揉鼻下那撮胡须，打趣道：“哎呀，这事儿，还是您说了算数，父母之命嘛。”

“也不看看什么年代了，你还指望着包办婚姻呀？”

“唉，世道变咯！您说，我要不要直接去探探她本人的意思？我可没那胆儿，就我这样的邋遢大叔，还不得吃小薰她一记铁肘呀。”

“瞧您说的……”老板娘皮笑肉不笑，“常言道，男人四十一枝花。木下老哥不还没到四十吗？”

“妈妈可别再笑话俺。四十是不算老，但小薰她才刚成年不是？我做她干爹都够格！女孩儿寻对象，都稀罕年轻俊俏的。比如说，她最近不就与五丁目那头的一郎走得挺近吗？进展如何啦，那浑球向咱家小薰展开攻势了没有？”

“说起那小伙儿呀……”老板娘刻意压低声音，“可动了真格了。昨儿就翘了班，从两点到四点半，与小薰黏糊了一下午！”

酒馆就那么点儿地，陶展文无意偷听，这话自然而然地钻进了他耳朵里。就连坐在边角，喝得满面通红的男工也听得，大着舌头附和道：“我昨儿就在场，听得可真切了！一郎那风流鬼，真是啥肉麻话都敢往小薰身上招呼！我听得都脸红！好在我年轻时，也是风流人物，否则，得当场让他给羞死！”

“呵呵……”老板娘让醉汉逗笑，“对的，您昨儿下午就坐在他俩身边。怎么样，一郎的攻势吓人吧？”

“可惜我昨儿三点就走了。后头如何了？小薰她缴械投降了吗？”

“不怕您笑话，小薰那妮子呀，一郎话还未说完，便逃也似的跑掉了。”

“想必芳心里是乐开了花吧。”醉汉的笑声很是不正经。

“但老天爷也着实使坏……”老板娘把声音压得更低，“春风得意的一郎那天下午回到家，便死了爹不是？虽说只是他的继父——就是同顺泰那掌勺的。”

“是啊，都登上报纸了。”

“小店也沾了光，破天荒地有警察大爷光顾。他们问我，那天一郎是几点走得，我自然是实话实说。”

其后便是毫无意义的闲聊，陶展文也不欲久坐，一口将余酒饮尽，便起座离开了。

往　事

九点，同顺泰公司大楼。

陶展文回到临时居所，却见老朱坐在桌旁愁眉不展。酒生微晕，让陶展文开口也少了几分平时的稳重："这不是朱老弟吗！怎的，遇上什么烦心事儿了？"

老朱一反常态地未搭茬儿，眉间的坎儿却愈发深了。陶展文这才觉着不妙，酒也醒了大半，问道："出什么事儿了？瞧你愁得。"

老朱瞥了眼接待室那头，严肃道："陶兄弟，这回事情可闹大了！纯小姐和世治少爷下午就出门了，到这会儿还不见回来。"

陶展文扫了眼手表，笑道："这才 9 点，你们紧张个什么？或许是去看电影了。"

"他俩出门前，可是说好要回来吃晚饭的。"

"两个大活人，也不是小孩儿了。迟些回来罢了，还能走丢了不成？"

“急的又不是咱……”老朱再次神秘兮兮地瞟了眼隔壁客厅，“我们等得，隔壁警察可等不得。我上来时，他们就在那儿等了，估摸着等好一阵儿了。他们可是点名要见乔世治！纯小姐也是，这大晚上的，带着大哥上哪儿消遣去了。”

“唔……”晌午时分，女孩儿在离开客厅前那别有意味的回眸，重现在陶展文脑海中。女孩儿曾为扑朔迷离的案情指出一条道路，但就现状而言，这条路怕未必走得通——作案后登上屋顶，待众人赶到现场，再趁乱爬下——能够神不知鬼不觉地实现这一连串动作的，就目前看来，便只有一郎一人。然而这唯一的嫌疑人，偏偏有着雷打不动的不在场证明！“干杯”老板娘或许还有可能包庇老主顾，但那酒鬼男工可没理由犯险伪证。这不在场证明怕是挑不出刺来。

持有最合理作案动机的嫌疑人，竟第一个被排除在外。但仔细想想，那屋顶可没有落脚之处，要神鬼不知地在上头潜伏两小时谈何容易。这一推论，还是有诸多漏洞的。

陶展文的直觉告诉自己，女孩儿临行前的那一回眸，与本次的案情无关，反倒像是在……道别？

老朱的声音打断了陶展文的思路：“你去看看，少东家都蔫了。”

“哦？那真得去瞧瞧……”乔世修心思敏感，怕这回得急坏了，“他们在楼上？”

老朱摇头，指了指隔壁客厅：“喏，警察还在，他走得开吗？”

陶展文推开门，果然，友人在应付两个警察，其中一人还是老熟人富永警官。

乔世修一见陶展文归来，如蒙救星。陶展文不待他开口，便问道："听老朱说，小纯还未回家？你先别着急，她会不会看电影去了？"

"不会的。小纯她从不这样！"友人很是焦急。

"你们玩得倒开心！"面生的警官语气严厉地责备道，"我们说过多少遍了！在案子结束前，都好好待在宅子里不要乱跑。你们这样，我们工作很难做。"

"对不起，真对不起……"乔世修一个劲儿地道歉，"家妹说是要到辄访神社还愿，谁想这一去就……"

当务之急，是将友人的注意力从妹妹失踪一事上引开。陶展文问富永道："说到人没了，听说隔壁关西组，真的有个搬运工人间蒸发了？"

"呵，你消息倒灵通得很。"富永懒散道，"什么人间蒸发呀？只不过是早间还见着四处溜达的搬运工，午饭时不知跑哪儿去了。"

"恕我多问，你们是几时到关西组调查的？"

"三点多吧。他们突然说丢了个人，我们就顺道查了查。哎呀，不是什么要紧事，三天两头都有搬运工不辞而别。"

这回答。真是出自警察之口？这富永警官性格懒散不假，但这工作态度，着实是蒙混了事了些。

"哎，不对吧？"陶展文换了个方向，"区区半日不见人影，警方就愿意出队调查？那你们判定失踪的时间未免也太短。这栋宅子里的人统统被禁了足，突然有人不知去向，警方重视很正常。但一个搬运工不知到哪儿溜号了半日，都能让你们兴师动众呀？”

这问题倒一针见血，富永尴尬地干咳数声，向同事递去一个无奈的眼神：“与你透露些也无妨。问题不是他失踪了，而是，他是怎么失踪的！你想想看，全封闭的环境，一个大活人竟就这样凭空消失了！”

“全封闭的环境？你们确定？细细调查过吗？”陶展文追问。

富永面露为难，索性搬出个题外话：“陶小兄，你回国后，打算干哪行？工作有着落了吗？”

“定下了，打算从事新闻业，先在一家报社实习。”

“记者？”富永好笑道，“干记者干吗？我瞧，你倒是块干警察的好料子。”

陶展文苦笑不已，这时，电话铃响，是警署来的电话。富永简单做了几句应答，便放下话筒，对同事道：“本部来命令了，先收队。”

临行前，富永不忘拍拍陶展文的肩膀“陶小兄，我太中意你了。前些天我邀你一同旅行，你好好考虑考虑。”

两个警察前脚刚走，吴钦平便现身在客厅中。他向陶展文点点头，算是打招呼。陶展文奇道：“吴掌柜，你还未回家？”

“今晚给杜掌勺通宵守夜，不回去。”

今天下午，乔世修将杜自忠的遗体接回来了，眼下正祭奠在厨房里屋。陶展文到灵位前上了炷香，杜自忠安静地沉睡在棺木中，遗孀秋子目光呆滞地跪坐在旁。隔壁屋传来一郎不合时宜的歌声，听起来很是逍遥。

香也上了，陶展文正欲回办公室去，老朱抓住他的胳臂，咬耳朵道："吴老大要通宵守夜，可少不了美酒做伴。你这会儿回办公室，难免又会让他给逮着。要不到我住处避避难？"

陶展文略作思索，神秘一笑："老朱，好意心领。很不巧，我今晚倒真想会会他。如何，你要不要一起来？"

老朱的眼神像瞧见疯子一般，忙不迭摇头道："好走不送，那'倒数第二'论，今晚要再听一次，可就满一百零一次了！"

说完，老朱逃也似的回了房，换之王充庆掌柜现身在走廊上，看模样，他是准备拾掇拾掇回家了。陶展文低声喊住他："王掌柜，有事请教，方便吗？"

"嗯，说说看。"王掌柜同样小声回答道。

"昨天下午，我散步回家时，您与吴掌柜在办公室旁的小房间里忙活。吴掌柜在捣鼓油印，没错吧？"

"嗯，你都看见的。"

"恕我多问一句，若是冒昧了还请见谅。你是几时到那房间里去的？"

"这有什么不好说的！一刻钟，我进小房间后十五分钟，你们就回来了。你问我为何记得这样清楚？老吴隔着门喊我过去时，我抬手看了看表。他说，我先前整理的数据对不上，咱重新检查了一次，才发现是他搞错了。然后，我们便在房间里闲聊。”

“闲聊？我记得刚进房间时，吴掌柜在摆弄油印器具吧？”

“油印的活儿早在我进房间时便做完了。你进来那会儿？哦，我记得了。他忽然觉得有必要留一份备用，便多印了一张。”

“嗯，这样啊。谢谢，耽搁您时间了。”陶展文致谢，王掌柜客气一番，便赶忙收拾物件，回家去了。

客厅中，乔世修那心力交瘁的身子，正深埋在沙发中。他单手扶额，平日里便欠佳的脸色，如今更是如误食了砒霜一般惨白。父亲病故，家中掌厨遇害，如今，兄妹二人又不知所踪——这连日的变故，足将青年那脆弱敏感的神经撕扯得粉碎了。

陶展文路过客厅，瞥了眼身心俱疲的友人，心中微叹。此时，所有安慰都是苍白无力的，能不能跨过这道坎儿，还得看本人。他硬下心肠，径直走向办公室。

吴掌柜独自一人在办公室中，怕是闷得发慌了，正信手在一张纸上涂鸦。他瞧着陶展文，立马来了精神，挥手招呼道：“陶小兄，来，到这边坐。寻你不着，我还以为今晚得‘独守空房’了。来来，陪哥哥唠唠嗑。”说着，还不忘从一旁拖来了把椅子。

陶展文也不客气，兀自坐下：“我方才去给杜掌勺上香了。真作孽呀，这老人也不知得罪了谁，竟落得不得善终！”

“可不是嘛……”吴掌柜嘴中酒味阵阵，他使劲儿甩了甩脑袋，驱赶走几分醉意，“好人没好报呀！我与他也算共事多年。多好的一个人呀，平日里老实本分，业界里是人人挑大拇指的。你说，老天怎么就这么不开眼？”

“您对他的评价颇高呀，莫非他与您一样，秉持了‘倒数第二’的精神？”

“不同，却相同——怎样形容呢？他所坚持的，是‘正数第二’！所谓，枪打出头鸟，木秀于林风必摧。同样是出于自我保护，他秉持的精神，与我有异曲同工之妙。”

“这么说，杜掌勺是不如您那般无欲无求了？”

“所言，偏颇了。陶小兄，你虽有同龄人中罕见的睿智，却仍涉世未深呀。‘欲望’一词，本身就讳莫得很，有或无，怎能一言蔽之呢？但你不妨细细琢磨一番个中区别，看看能否开导开导我。”

一边不愿做出头鸟，故意放水，甘心屈居“万年老二”，另一边不愿做吊车尾的，拼了命也要死死攥住“倒数第二”。乍看之下，两者同为保身之策，却有千里之别，自然不可用“欲望”的多少来定论。

陶展文反复思考后，试着分析道：“资质？不，应该说，是自信。”

“嘿，自信？”吴掌柜苦笑，“是，或许会有自卑作祟。但陶小兄，你瞧我，也是过了半百之年的人了，即便重拾自信，又如何？”

对方的语气有些自暴自弃，陶展文朗声激励道：“五十，壮年尔！”

“哈哈，壮年……”吴掌柜自嘲。

"廉颇八十尤胜昔，遑论区区五十岁？"陶展文加了把劲儿，吴掌柜的视线却愈发恍惚，沉湎在过往之中："算来，我在日本摸爬滚打也近三十载了。遥想最初呀，为讨生活，从山窝里的永春村，跋山涉水到厦门，踏烂了多少外国务工机构的门槛呀！你可晓得，当时，出国务工的手续费，根据不同国家有高有低。我那时就像只没头苍蝇，没目标的……"

决定手续费高低的，并非为目标国家的远近，而为出国的"成功率"。其中，收取手续费最高，亦就是成功率最高的，是吕宋国，也就是如今的马尼拉（菲律宾）。仰光（缅甸）与爪哇（马来）紧随其后。暹罗（泰国）也是出国务工者眼中的圣地，但可惜，那地界基本让潮州系华侨占领，着实没有福建人说话的分儿。想必在广东汕头，暹罗的手续费得排在第一。

至于"东洋"，也就是日本，那成功率可谓是跌至谷底。毕竟这地头与南洋大有不同。日本本身便有号称世界上最勤勉的国民，基本不需要外来劳动力，也未孕育出多少个声名在外的华侨富豪。但反过来说，由于没有中国人愿意屈居于日本人手下做苦力，华侨数量屈指可数，来多少务工者，都能给你消化干净。总结来说，想在这头挖出"金山"，还是省省吧，不会让你流落街头便是了。

"最廉价的，当属新加坡了。"吴钦平说得入了神，"别看那地界出了陈嘉庚这样的'商神'，在他的阴影下，是数不尽的橡胶园工人、苦力、车夫。说来荒谬，咱中国人竟生生占了那儿的八成人口！你说，那儿的竞争环境，与国内还有什么区别？"

“我明白了，就像彩票，中奖率越低，自然越是便宜。而这日本，价格是‘倒数第二’。”

“聪明！”看来，这便是当年的吴钦平选择日本的原因了。

“您当年离乡时，可有过鸿鹄之志？”

“说没有，那是骗人。毕竟年轻气盛，脑子里有些不切实际的想法，再正常不过了。但年岁愈长，热情渐凉呀！”

吴掌柜语带寂寥，看来，对“倒数第二”的执念并非与生俱来。是岁月这把刻刀，一刀一刀地将这一信条刻在了他的身上。很显然，别看他向他人灌输时舌绽莲花，其实在他心底，未必有多瞧得起自己这套言论。今个儿中午，他向陶展文冷不丁地冒出“英雄”一词，其隐藏的情感就体现得很明显了——难得世间走一遭，谁能甘做“倒数第二”，谁不幻想做一回“英雄”呢？

陶展文这回是彻底看透了，他不忍心戳破，仍强调道：“五十岁，真不晚。”

“不晚……”吴掌柜沉默了，双目失神地望着一旁的打字机，也不知心中作何感想。

陶展文这趟，是专程来开导吴钦平的？显然不可能。他心中深藏着一个重大的疑问——眼前的中年男人虽位及掌柜，却不受老东家重用。前番也了解过，生意中事，老东家从来只会找杜掌勺商议。反观如今，老东家突然病故，杜掌勺死于非命，王掌柜克日辞职，少东家经验不足——此同顺泰危急存亡之秋，能独顶大梁的，可不就只有眼前的“饮平”掌柜了吗？陶展文语出试探道:

“王掌柜这一走，你肩头上的担子就更重了吧？”

吴掌柜点头，接着又老调重弹：“自信啊自信，难咯……”

见对方又要开始妄自菲薄，陶展文不得不再次鼓励道：“吴掌柜，你要振作起来，乔兄可离不开你。从今起，这同顺泰是兴是衰，就系在你一人身上了。”

“老东家仙逝时，我就做好心理准备，要尽力扶持少东家接班了。但那时，头上还有个杜掌勺帮忙顶着，我还是大树底下好乘凉。哪知，杜掌勺这么快就随东家去了，留我一人，该如何是好？”

“吴掌柜，你一定做得到的！”陶展文拔高音量。

“单说经营策略，毕竟有几十年经验，我自然不会含糊，其实，我心里早有妥善对策。说到底，还是自卑使然。唉，做了这么多年倒数第二，让我还如何重拾当年的自信？——再说，我这把岁数，要我扭转乾坤，谈何容易呀？”

“我前些天听你们少东家说，这同顺泰，只是表面光鲜，实则是举步维艰了？”

“无稽之谈！”吴掌柜一语否定，“公司如今是如日中天，偶尔战略性亏损是难免的。老东家除了这同顺泰的生意，还揽有其他‘私活儿’。”

“乔兄的父亲还有做其他生意？”

“可不是嘛！”

“您知道是什么生意吗？”

“他哪会与我们说，杜掌勺或许知晓。”

吴钦平一面说话，一面手执铅笔，或横或竖，或长或短，或浓或淡，恣意地涂鸦着一个个几何图形。他的思绪，一定正随着纵横交错的笔画而运转，让人无从猜测。他继而道：“上天真对杜自忠不公呀！他年长我许多，我从前便受了他不少照顾。杜掌勺他真是个出类拔萃的人物，说来你或许不信，他还画得一手好画。”

说得动情，酒劲儿上涌，“饮平”掌柜又操起那一口特有的大舌头：“初来日本那阵子，我在荣町一家叫益成的公司工作，那时，同顺泰也在荣町，两家是邻居。杜掌勺从那时起，便在同顺泰办事。每逢日本的节日，他总是天未亮就把我从好梦中拽起，使唤我去领事馆看国旗。我当时就雏儿一个，任谁都对我颐指气使，但我服气的，就只有杜掌勺一人！”

吴掌柜一提及过往，便没个完——当时，按海岸村周边习俗，每逢日本节日，各个“屋头”便会同时升起中、日两国国旗。那年月，中国革命频发，国旗也一变再变。清国为黄龙旗，而辛亥革命后，以孙文为主的南方政权为青天白日旗，北方军阀政权为五色旗。一旦升错了旗，可是政治立场问题，所以大家一致以中国领事馆升的旗为准。领事馆也是个墙头草，军阀势力壮大则升五色旗，南方政权回暖则改作青天白日旗。祖国动乱，领事馆的经费开支还得仰仗各个“屋头”的捐赠。平日里，谁人去管你领事馆是什么政治立场，只有临到了节日，才会赶忙派店里的年轻人跑一趟领事馆。杜自忠是同顺泰人，竟能使唤到其他公司的年轻人，足见其威望。

“杜掌勺可不让我白跑，他会时不时送亲笔画给我。”吴掌柜沉湎于回忆，一时无法自拔，“杜掌勺善画龙，早在革命以前，他便敢画龙送予我。记得那幅龙画，还让益成东家给发现了，好教训了我一通，问我是不是找死。也难怪，清国那阵儿，民间禁止流传龙凤图像。如今一想，好像就发生在昨天一样。”

百感交集之下，吴掌柜的嗓音愈渐沙哑，说到最后，竟微微颤抖起来。陶展文凝神倾听，不作打断。终于，豆大的泪珠从这位中年男人的眼角涌出，滑过面颊，他伏在桌面上，无声抽泣。陶展文轻拍男人颤抖的肩头：“吴掌柜，不早了。逝者已逝，回家好生歇息吧。”

葬　礼

晚十一点半，同顺泰办公室小房间。

陶展文已就寝，却双目清明，毫无睡意。隔壁客厅的灯光从门缝间透来，看来，乔世修仍在等待妹妹与兄长归来。

脑中的信息如一团乱麻般纵横交错，不给捋顺了，陶展文今晚是别想入睡。

——昨日下午两点四十分，在三楼晒场上，与杜自忠生死搏斗，推翻空箱，踢下晒席，最后用竹耙敲碎杜自忠头盖骨的人，到底是谁呢？

陶展文就寝前，还到老朱屋里聊了会儿。据老朱所得的情报，警方那边的尸检结果出来了，死者头上的打击伤，有两处——一处在前额，一处在后脑。后脑一击击碎头骨，为致命伤。或许，案发时被害人在睡梦中，凶手因紧张失了手，前额一击未取被害人性命，反倒将其打醒。紧接着，便是搏斗。无奈被害人年老力衰，加之凶手有竹耙做武器，即便是抓起了铁锤顽强抵抗，还是让竹耙一击毙命，连一句呼救都未发出。

首先要排除一郎的作案可能，这是不容置疑的。

小纯兄妹俩，在这节骨眼儿上，竟玩起失踪？

说到失踪，隔壁关西组也走丢了个搬运工，这是否与命案挂钩？对此，富永警官透露的情报不多，但可以确定的，搬运工的失踪，是密室失踪。闭眼，脑中便浮现出那黑痣男挑衅的眼神，赶也赶不走。

辗转反侧到深夜三点，隔壁灯光仍在，陶展文的大脑已不堪重负，恍恍惚惚中，竟沉沉睡去。但无论如何熬夜，严苛的生物钟，还是分秒不差地在清晨六点四十分将陶展文叫醒。

四肢如灌了铅一般沉重，这不仅是因为睡眠不足，更主要的原因——这数日，陶展文搁置了往常的日行功课——拳法。他每日清晨，总会早起操练一套拳法。寄宿大学宿舍时，后院便是他的习武场。但做客同顺泰后，碍于没有场地，便暂时搁置了。同顺泰大门每天早晨由厨房小李开锁，在那之前无法外出。三楼晒场前的走廊倒是宽敞，但那眼下正供着两人，更是不方便。二楼大客厅，与另一间小客厅里摆满了桌桌椅椅，不便施展拳脚。

陶展文一拍脑袋——对了，不是有个绝佳的地点吗？晒场！之前也不是没考虑过，但那是案发地点，昨天警方才允许自由使用。

陶展文拖着生锈的身子穿衣洗漱，来到晒场时已过七点。他在晒场中央站定，深呼吸。一套拳法耗时不长，也就十五分钟。

这种遍体微汗的快感，让陶展文很是享受。他走到东侧扶手处，正下方便是前日晒席落下之处。同顺泰的仓库还未有动静，“屋头”与批发商不同，日上三竿才开始营业。

陶展文转身，背靠扶手，这个角度可以将晒场整体收入眼底。苹果箱规规整整地堆在原位，那张怪瘆人的藤椅，也不知被搬到何处去了，晒场上空荡荡的。他沿着扶手来到西北角，下头的空地也同样空无一物。不同的是，桑野家的仓库已经开始工作，今儿也是满仓，得把货物搬到空地来作业。一个工人将一箱罐头扛到空地一角，紧接着由另一个工人用手推车，一趟五箱，搬运到同样位置，顷刻间，便堆积了五十箱之多。看来，今天的作业内容是罐头产品的打罐检查。“打罐”，顾名思义，也就是以敲击罐头，听取其音色的方法，辨别罐内是否腐败膨胀。这项作业很扰民，一整天“砰砰砰砰”，很是烦人。

众人也该醒了，陶展文回到楼下，重新擦拭了一遍身体，便到食堂用餐。

估计是因为唯一的两个亲人仍未归宅，乔世修今儿少见地来到二楼员工食堂就了早点。仅仅一晚未见，他似乎比昨天憔悴了一圈，筷子也没动过几下。

通常，三楼乔家的伙食由女佣银子料理，二楼食堂由杜自忠夫妇俩准备。今儿是杜自忠的葬礼，遗孀秋子身着丧服，目光呆滞地站在走廊上，她的儿子一郎就在她身旁。

“你这身行头，从哪儿借来的？”一郎语轻蔑地责备着自己的母亲，这让偶然路过的陶展文不禁竖起耳朵——“看你这身打扮，还真打算给那种人披麻戴孝呀？”

杜自忠的葬礼将在午后于善真寺举行，同顺泰全体员工都得提前到那边去布置，大门口也挂上了“临时休业”的告示。就连与死者毫无干系的女佣银子与厨房伙计李西海也得去帮忙。陶展文是外人，乔世修在出门前拜托他道：“陶兄，恐怕早上得麻烦你帮着看一下家了。过了中午，我会让银姨和小李回来替你。有电话来，你帮忙接一下，就说今天店里休息。”

大家都出了门，老朱还磨磨蹭蹭没拾掇清楚。他把房间翻了个底朝天，总算找着了黑领带，却又发现皮鞋不见了。他平日里独爱帆布鞋，一阵儿好找，总算翻出一双磨了一层的红皮鞋，但这玩意儿显然不能出现在葬礼上。

老朱半个身子都塞进了床底，号道：“肯定有的！我记得清楚，牌子货，我只穿过两三次！”

他正要把整张床掀起，忽地一拍大腿：“我记起来了！”说完，他艰难地爬出床底，蓬头垢面，搬运工都没他这般狼狈，但他仍然喜上眉梢，“记起了，记起了，我塞在前台的桌子下了！”

陶展文有些瞧不下去，提醒道：“我建议你先去洗把脸。”

“不打紧，不打紧，到寺庙那边再洗不迟。”

说完，他便赶到办公室，打开前台下的小柜子。还真让他说中了，一柜子的杂物中，可不就混着一双泛灰的破皮鞋吗！牌子货？

陶展文的视线立即被小柜子上层的物件吸引——一口纸箱。这不就是前天还放在自己临时居所的那口放置油印器具的纸箱吗？身旁的老朱随手抽了一张旧报纸，揉成团儿，使劲儿地在皮鞋表面擦了又擦。陶展文鬼使神差地将纸箱搬到了桌面上。

他取出里头的油印版，掀开盖子。里头与前日无异，乳白明胶状的表面上，密密麻麻地罗列着左右倒转的字模。老朱还在瞎捣鼓，陶展文索性与前天一样，一字一字地精读了起来。然而刚读了不过数行，天灵盖袭来一阵凉意。

开头几行的内容是日期与船名，往下便列出商品名，就是这第一行——

Dried abalone 10 case

“老朱，这油印版，搬到这儿来后，还有谁用过？”

“你问啥？油什么版？”老朱一时还未反应过来，把废报纸随手往垃圾桶的方向一扔，才回过神儿来，“哦哦，你说这玩意儿啊。那天，吴老大用过后，就没人再用过。这两天也没走菲律宾的货，用不着这玩意儿。”

箱中还有几张作废的发票，陶展文取出一张，与油印版上的内容一一对照，发现完全相同，他略加思索，又问道：“这些发票，已经印刷过了？”

“嗯，都印好了。”老朱满脸问号，也不知陶展文抽哪门子的风。

“那我都处理掉了？”

“随意，反正这份已经通过领事馆确认，发给客户了。”说完，老朱穿上皮鞋，简单道了别，急忙追赶大部队去了。

偌大的宅子便只剩陶展文一人，他瞥了眼时钟——十点十分。确认了时间，便开始作业。他先是用染料墨水，在原纸上将多余发票上的内容如实誊抄了一遍。数十行商品，字数颇多，任陶展文下笔飞快，还是花了些时间。

誊抄完毕，他将油印版上的文字清除，把刚抄好的原纸放了上去，并复印了十张。他又扫了眼时钟——十点半。

完成了一系列作业，陶展文作脱力状，任凭座椅支撑着身体，双目茫然。

不知过去了多长时间，空气中传来炸雷般的汽笛声，临港铁道上，老火车从同顺泰门前疾驰而过。但陶展文似乎与外界隔绝开一般，浑然不为所动。他表情复杂，懊悔之色溢于言表，却又隐约透露出一分决绝，一分坚定。

打个比方，一砖一瓦苦心堆砌出的理论，在实验的碰撞下，竟顷刻间轰然倒塌。这让科学家如何不懊恼！但科学家特有的百折不挠，又让其不惧怕从零开始。

转眼到了十一点半，厨房小李与女佣银子果然回来了，陶展文这才挪动身子。银子忙碌于厨房与餐桌之间，陶展文鹰隼般的视线，如追踪猎物一般，紧盯着女佣的一举一动。银子在此高压下，显然心神不宁，有意回避。案发以来，她便惶恐不安，若是能够摸清个中缘由，或许就离真相大白不远了。陶展文自认已捉住了线头，就差那么一扯，他尝试着向女佣搭话：“银姨，最近还真是多灾多难呀——老东家头七还未至，掌勺又死于非命。大小姐与大少爷这会儿又不知所踪，而且……”说到这里，陶展文卖了个关子，锐利的眼神愈发令对方透不过气，片刻后才继续道，“隔壁关西组，那个长着黑痣的搬运工，也莫名没了踪影。”

乍一听见“长着黑痣的搬运工”，女佣的肩头微微一颤。这一细微的情感波动，自然没逃过陶展文慧眼。

“请慢用！”女佣匆匆放下菜肴，逃也似的走开。步伐若提线木偶般僵硬，明眼人都瞧得出其中有端倪。陶展文也不欲逼太紧，简单地填饱肚子，便出门前往寺庙。

葬礼要到下午两点才开始，准备工作在早间就布置妥当。这会儿，大家伙儿就只能在休息室里打发时间。陶展文进门，见乔世修形单影只坐在角落发呆，便走了过去：“乔兄，我记得你曾说过，令尊没留下多少遗产。我很好奇，具体是有多少呢？”

这问题不免太过唐突了，乔世修惊讶地抬头，一时不知该如何回答。陶展文怕友人误会，忙解释道：“乔兄，我也知晓这个疑问很是冒昧。但这信息或许能成为线索，还请谅解。”

“线索？你是说命案的线索？”

“正是。”陶展文笃定。

“你确定与案件有关？”友人不是很情愿谈及财产隐私，但略加权衡，还是如实作答，“拼拼凑凑，约莫八九万罢。不是我眼光高，瞧不上八九万。依家父生前的说法，我觉着，至少也得数以百万吧。得了，不提这个。我又不是啃老的二世祖，今后会努力壮大家业的。当务之急是削减开支，咱乔家以往都太过挥霍了。说句难听的，小纯这番若是一去不回，乔家就剩我一人，无牵无挂，无欲无求，一心经营，再如何也能扛得过去。”

陶展文赞赏道：“好！你若能下此觉悟，何愁生意不壮大。但愿你今后无论遇上多大挫折，也能不忘初心。”

“我也就口号喊得响亮罢了。杜掌勺走得太突然了些——少了他，同顺泰前途堪忧。”

“不至于，吴掌柜同样也可以成为你的左膀右臂。”

“是啊！在这点上，我还真有些庆幸呢。不仅是自家店里，同行里的长辈们也愿为我护航。例如说桑野东家吧，就是咱同顺泰的强力后盾！别看家父一副怪脾气，论品德、论威望，在这地头还没人及得过他。我是沾了他的光啊。”

“是啊，所以不过五日，杜掌勺也追随令尊去了。对了，令堂的忌日是哪一天？”

“三月二十日。呵呵，两人的忌日竟凑一块儿去了，来年有得忙了。”

聊到这里，一个和尚推开门，冲乔世修招招手。乔世修起身道：“应该是葬礼的事要找我商量。”说完便穿上拖鞋出去了。

距两点愈近，出席葬礼的亲朋也纷纷到场。桑野善作自然不会缺席，店里的文书郭文升也陪伴在侧。这郭文升仍是一副呆滞的古怪表情，嘴唇死死抿着。或许是因为出席葬礼，他的举止比之前些日更加僵硬，好似生怕他人不知自己发育不良。

老朱喊住桑野东家，问道：“矢部掌柜何时回来？”

“得到今晚吧。”桑野东家答道，“他一回来，我明儿早就到产地去。”

“明天是周日吧？东家真勤快。”老朱奉承。

桑野东家笑了笑，转向郭文升道：“小郭，咱也上炷香去。”

郭文升点头，迈出如生锈般机械、僵硬的步子，两步，三步，他突然回头转向站在一旁的陶展文与老朱，用中文，语不惊人死不休道：“苍天有眼，报应不爽！”

陶、朱二人面面相觑。愣了半晌，老朱才笑骂道：“这人怕是有毛病吧？”

“我倒是忘记留意他的指甲了。”陶展文自说自话道，“今天的用量，怕是不够吧。”

自　白

葬礼很顺利，杜自忠的遗体最终也进了小小的骨灰坛。天色尚早，众人便回到公司了。

短短一周内一连两场葬礼，让乔世修身心俱疲。在回家途中，便如同霜打的茄子一般，蔫倒在车座位上。这一踏入家门，他便道："头疼，我去躺躺。"

陶展文自告奋勇，扶友人到房间歇息，女佣银子也侍奉在旁。两人把乔世修安置回了房，陶展文见女佣是真心着紧自家主人，便搭话道："银姨，你家少爷这会儿怕是头痛欲裂——命案还未个说法，亲生妹妹与兄长又走丢了，唉……"

陶展文想方设法要继续午餐时中断的话题，但女佣乍听这话，犹如受惊的兔子一般，拔腿就往厨房走去。陶展文也不理对方愿不愿听，兀自大声道："这能怪谁呢？造化弄人呗！您说，能怨谁？"

如发条人偶断了弦，银子的脚步骤然停下。陶展文见状，趁热打铁道："隔壁的黑痣小哥也玄乎得很，竟说没就没了。"

即便在身后，也能瞧出银子的肩头剧烈颤抖起来。机会来了，陶展文抛出了撒手锏："我听那谁说，银姨你与那失踪的黑痣小哥关系可不一般——抱歉，我嘴欠了。道听途说的谣言，我当真个什么劲儿！银姨，您别在意。唉，我这张破嘴……"

听到这里，银子不跑了，而是回过头。她红着眼眶，见四下无人，细声道："方便来厨房一下吗？我有话与您说。"

三楼的乔家厨房与二楼食堂伙房不同，堪堪容纳两人。银子见纸已包不住火了，索性坦白，情绪也放松许多，平静地娓娓道来——

谁有资格怪罪银子？她侍奉乔家多年了。乔家的前任女佣都是中国人，为了证明日本女佣一点儿不比中国女佣差，她这些年在乔家勤勤恳恳，任劳任怨。世修少爷与纯小姐，都曾在她怀中哭闹过，她将两个孩子当作自己的亲子来抚养、照顾。尤其是女主人过世后，她在乔家中，浑然就肩负着慈母的责任。如此一个妇人，又怎会行背叛乔家之举？（她发毒誓）过去没有，现在不会，将来更不可能！

然而就在某一天，她外出购物，一个陌生男人喊住了她："我是警察，耽误您一下。"她淳朴，却深谙世事——世间险恶，恶徒冒充警察，也不是没有先例的。

男人见她迟疑，道："到那边岗亭去吧。"银子听他主动要求去岗亭，心中疑念去了大半。当她看到岗亭的巡警见到男人出示的证件后，恭敬地敬了个礼，就疑念顿消了。男人这才请她到警署一叙。她乖乖地上了警车，被带到警署的某个办公室内。途中，银子不断在心中安抚自己："我又没做错事，身正不怕影子歪。"但如何也抑制不住内心的悸动。

办公室内，一个一看就晓得是"高层人物"的男人笑盈盈地请她坐下："大姐别慌，请您来，就为随意聊聊。"

这所谓"随意聊聊"，可让银子心惊胆战——"乔家，最近突然来了个大少爷吧？警方怀疑，他是间谍。"

银子可容不得乔家人受冤枉，喊冤道："你们肯定是弄错了！世治少爷是农村出生，老实巴交的，怎么会是间谍！"

男人苦笑，示意银子坐下："当局不会无缘无故去冤枉一个好人。我反问您，你从前可否有听你老东家说过，他在中国还有个儿子？"

银子被问倒了，一时不知该相信哪边。男人见她态度动摇，也搬出了请银子前来的目的——想委托她帮忙暗中调查这个叫乔世治的男人。

银子自然是断然拒绝，对此，男人继而搬出了一套让她无法拒绝的理由："别忘了，你是日本国民！希望你能站清立场，明白其利害关系。"

银子表示自己受乔家恩惠多年，绝不能背叛乔家。男人警察见软的行不通，索性出言威胁："你是日本人，你知道包庇间谍的后果！"

银子慌了，有些语无伦次：“我又没读过书，就是个农村妇女。您让我调查，我不行的，我一定会搞砸的！”

男人见威胁有了效果，又换了把软刀，柔声道：“大姐您一定行的。很简单，只要你按时汇报乔世治在何时，见了哪些客人就行。”（——世治少爷直至失踪，未见过任何客人。）

高层人物也懒得再作纠缠，继续道：“废话不多说了，给你介绍当局的调查员，你今后就协助他调查。”说完，他喊来一个右颊上长着黑痣、身材瘦小的男人，介绍道：“他叫佐藤，在神户，认识他的人不多。”

自那起，她便定期暗中向这个佐藤汇报情况。这男人装作搬运工，潜伏于隔壁关西组中。他的真实身份，好像就只有关西组老爷子知晓。

如今，乔家三楼只住着兄妹三人，时常空屋。佐藤便命令银子瞅准时机，领自己到乔世治卧室调查。佐藤竟然清楚知晓乔世治卧室的位置，甚至知道从后头空地，用直梯可以直接爬上乔家晒场。

说到这里，银子向陶展文哭诉：“我身不由己！他们说，拒绝的话，就是背叛国家，就是叛国罪！”她从小受忠君爱国教育，说她背叛国家，还不如要了她的命。

三楼是常常放空不假，但三楼放空时，后头空地却不消停。终于，在案发当天，绝佳的机会降临了。当日早间，她外出购物，途经桑野商店门前时，偶然听闻桑野东家给下头下命令：“后院的工作，下午两点半开始。”银子知晓，下午一点半，乔家三兄妹都要外出，而两点杜自忠会在晒场午睡。期间空出一小时，足以进行调查。待少东家与陶展文外出散步，她便偷偷赶往关西组通知佐藤。办公室只有王充庆一人，又有巨大的样品柜如屏风一般阻挡住视线，银子满以为自己做到神不知鬼不觉，却到现在都未注意到，自己的举动，让偶然路过的桑野家小姐瞧了个正着。

上头吩咐两点半动工，那帮工人不至于会闲得提前开始工作，空地这边可确保不会出岔子。至于晒场那头的杜自忠，则需要银子确认无误后，给佐藤打信号。

当日两点，银子悄声到晒场。杜自忠处理了虾干铺匀的活儿，正躺在藤椅上打鼾。见机会成熟，她踮着步子，来到西北侧扶手，与早已在下头空地上等待的佐藤打了个手势。

佐藤通过晒场，成功潜入乔家三楼。银子犹自不放心，再三嘱咐道：“记住，你只有二十分钟！逾时，下头空地可就要开始动工了！我会在门口守着，若有变数，会立即来通知你。”

乔世治的卧室门上了锁，佐藤从口袋中掏出一串铁具，在锁眼里捣鼓了一阵儿，门便开了。外出散步的四人，归宅时，走得一定是面向海岸的前门。银子放佐藤一人在房内搜查，独自来到三楼靠南面的窗旁，观察下面的动静，一刻也不敢走开。

明明只是短短二十分钟，时间却仿佛冻结了一般，银子记不清自己抬手看了多少次表。“叛家”与“为国”，孰轻孰重，岂是她一个淳朴的农村妇女能权衡决断，她只能受形势摆布。“叛家”给她带来的是锥心之痛，而“为国”远不能抚平她心中的伤痕。

也不知过了几分钟，小纯兄妹俩的身影出现在四丁目与五丁目的拐角处。银子正欲提醒，刚转身，却见佐藤已锁上房门，正准备离开。他给银子打了个“完事”的手势，便轻推玻璃门，进晒场去了。

悬在银子心头上的石头总算落了地，她竟天真地认为“大义”已全，取来未完成的针线活儿，坐在关帝像旁，等待大小姐归来。

小纯上楼来打了声招呼，去房里取了本读物，坐回到银子身边。“大哥”则一回家，便回卧室歇息。半晌后，乔世修现身于三楼走廊，他同样是回卧室后，便再也没出来。

紧接其后，晒场外传来空箱倒塌的响动。银子也是凭此时间顺序，才敢一口笃定凶手绝非乔家人。可以想象，发现杜自忠遇害，对银子的内心造成多大的冲击。难道是佐藤干的？——这是浮现在她脑中的第一个念头。不对，不是他，时间岔开太多了。事后，她在警方的高压上，坦白了许多事。但唯独佐藤一事，她缄口不言。对此，当局事先给她下过严格的封口令，若敢透露只言片语，就是“叛国”。

若把至今的案件比作旋涡，银子便苦苦挣扎于旋涡的中心。她是个恪守承诺的妇女，但万重重压均汇聚于一人之身，这让她何以承受？最后，她还是缴械投降了。

案发当日，警察单独将她唤进食堂，劈头便问：“你，不会是向谁说了佐藤的事吧？”

“我没有！”银子极力为自己辩护。向来温顺的她，此刻也无名火起。“为国”，她强迫自己昧着良心做下多少“叛家”之举！而此时，警察的口吻，像在盘讯一个叛国者。

警察没明说，但那双狐疑的眼神，表示得再明白不过——你现在没说，今后呢？警察强调了少说十数遍“绝对不能说”，银子也点头如捣蒜，警察仍怀疑：“我们这些基层的话，你恐怕不会听吧？要保证，与‘上头的人’保证去。”

银子打心底不愿再见到那个“上头的人”，恳求道：“我会听的，我会听的。”但警察可不顾她的感受，当晚还是将她带到了警署去——这便是她当晚一同被带走的缘由。

警署中，“上头的人”与她说的，还不是同样的话——“佐藤与案件无关！不能说，嘴巴烂掉也给我管牢了！”

这句话差点儿让银子理智崩溃，“我想说，也是在嘴烂前说！”——她几乎就要当场反驳，迫于周围紧张的空气，还是作罢。等待片刻后，关键人物佐藤现身了：“今天你帮了些忙，暂且向你道声谢谢。但你记着了，案件是在我离开后二十分钟才发生的，与我没任何干系！你大可放心，只管把嘴管牢了。”

庆幸的是，他们没留银子在警署里过夜，当晚便派车把她送回了家。

在警察那边，受了多大的委屈，银子都能硬扛下。但归家后，纯小姐那怀疑的眼神却犹如一把利刃，剜着她的心。也难怪小纯多疑——银子与大哥一同被带走，如今银子安全回家，大哥却被扣留。

银子不傻，警方这点儿心思她还是能猜透的——警方怀疑大少爷是间谍，早想对其进行深入调查了，如今有命案当幌子，他们岂会错失良机？她很清楚，大少爷是绝对清白的。在警署，她不厌其烦地向警察证言，大少爷回家后便进了卧室，未出来过。大小姐愤恨的眼神如芒在背，银子有口难言……

说着说着，银子才发觉自己竟在不自觉中交代了一切，她不可思议道："这些话，我到现在还一直瞒着大小姐。我这是怎么了，为什么要对你一个外人坦白？"

陶展文微笑道："因为你心里清楚，我会对此守口如瓶。"

"早知如此，我就该早些向大小姐坦白的，这样，她也不至于会离家出走。"

见对方自责，陶展文宽慰道："小纯失踪，与你无关。我有直觉，她离家是迟早的事。"

"谢谢您！倾诉了一切，反倒是觉得心里舒坦了。但还是那句话，您千千万万，不要和他人说。"

"宽心，我还是有自信能管牢这张嘴的。但是哪天小纯回来了，你还打算瞒着她吗？"

"当然不会！您就是个客人，我都与您坦白了。大小姐像我亲生女儿一样，我何必要瞒着她？"银子的心中积郁一扫而空，笑盈盈道，"哎呀，不好！该准备晚餐啦！"说完，迈开轻快的步伐，走向灶台。

凶　手

同顺泰，晚餐时分。

乔世修身体抱恙，没现身在餐桌上。餐毕，王充庆直接回家。一郎也着急出门，估摸着是到“干杯”会情人去了。客厅里，只剩陶展文、老朱、吴掌柜在闲聊。富永警官造访，面庞微晕，想必是去小酌了两杯，客厅里瞬间飘浮起一阵酒精味儿。陶展文招呼道：“富永警官，都这个点了，辛苦。”

“不辛苦，不辛苦。”富永没心没肺地笑道，“我下班去喝了几杯，闲来无事，来你们这儿逛逛。”

陶展文试探道：“说来也怪，最近这同顺泰附近，时常能瞧见警察的身影。”

“嗯？”富永愣了愣，随之笑道，“这有什么奇怪？杀人凶手还在逍遥法外呢！咱警察身为人民的保护者，即便是下班时间，义务到这附近巡逻，也是责无旁贷呀！”

“嗯，感动感动……明天是周日，您还要上班吗？”

“明儿我休息。”

“有什么活动？我猜猜，到这附近晃荡？”

“你把咱警察当什么了？社会闲散人员吗？”

“您误会我的意思了。我是说，这乔家命案未破，失踪又起，再加上隔壁搬运工的事儿也没个着落。你们警方，还真是和这地界脱不开身了。”

“不提了不提了……”富永无奈地挥挥大手，“忙了一周，谁不想去远远足，亲近亲近大自然呢？”

“是呀，您上回还邀我一同去旅行呢。”

“我老早就想抽空儿旅个行什么的了！我这回请了两天假，陶小兄，你给推荐个地方？”

“这有什么好推荐的，走到哪儿，玩到哪儿呗。”

“不成，好歹得有个计划。”

“那得赶紧了，要不您今晚就计划计划，咱明天出发！”

“真的？”富永难掩欣喜，却仍狐疑道，“陶老弟，你可别耍大哥！我可当真咯？明儿早就出发！我中意你这样的小年轻，怎么样也得让你心满意足地回国，让你感受感受咱日本人的待客之道。就明儿，说定了？”

“骗您做什么？说实话，我也不大舍得就这样离开日本呢！还有那么多地方未去过、未感受过。临走前，再细细游玩一番，不留遗憾嘛。”

“好！好！”富永伸出汗津津的大手，一把抓住陶展文的手，“明早九点，我来接你！”说完，便手舞足蹈地离去了。待他的脚步声消失在楼下，老朱才开口问陶展文道：“陶兄，你当真要与这疯癫的警察大叔一块去旅行？”

“当真。”陶展文答道。

“真是说走就走！打算去哪儿？”

“明儿看他怎么安排吧。如何，你要不要一块去凑凑热闹？”

“免了，我与警察犯冲。”

“怕什么，他工作时间是警察，工作外只是个懒散大叔罢了。”

“唔……我看还是算了。”

“偏见可要不得！不啰唆了，明儿一块去！”旅行之事就此说定。

从刚才开始，吴掌柜就没插话，而是无力地倒在沙发上，闭目养神。这么说来，今晚的餐桌上难得有葬礼的慰劳酒，他却一反常态地没有动几口。老朱见状，语出调侃道：“吴老大，琢磨啥呢？今晚咋没动静啦？”

吴掌柜这才睁眼：“你小子懂什么？杜掌勺撒了手，千斤重担全压在我一人肩上了！你又不是不知晓我的性格。”

“晓得，今后再不能踩着吊车尾的脑袋优哉游哉了呗。”

吴掌柜点头：“天不遂人意呀，想一辈子坚守自己的信条，就这样难吗？唉，个人的喜恶，说到底还得受外界环境摆布。”

一旁的陶展文插嘴了：“您就这么讨厌站在第一线？”

吴掌柜瞧了眼陶展文："你昨儿提到'自信'，我直说吧，我活了这么久，自知从未有过这玩意儿。但我也说了，看外界环境。真到危急关头，我自认为也能硬一把。"

三人无话，沉默半晌。老朱欲换个话题，叹道："你们说，杀害杜自忠的凶手，究竟会是谁呢？"

"凶手啊？我已经知道了。"陶展文也不作铺垫，冷不丁儿地来了这么一句。

"什么？"老朱"噌"得从沙发上弹起，差点儿咬着舌头，"你说啥？你知道凶手是谁了？"一边的吴掌柜也竖起腰杆儿，目露诧异。

陶展文没有回答，安静地点了点头。老朱艰难地咽了口唾沫，费劲儿地问道："谁？你说凶手是谁？"

陶展文示意老朱坐下，慢悠悠道："你急个什么。"应景地，临海铁道上一辆火车向东面疾驰，隔着三楼，仍可以感受到地面的微微震动。火车行至并天滨时，一道汽笛音划破天际。

在座的三人默契地停止了交谈，待火车从同顺泰门前呼啸而过，渐渐没了动静。朱、吴两人才满眼期待地注视着陶展文那似笑非笑的嘴角。终于，陶展文开口了："刚才有火车通过了？"

"废话！"老朱差点儿让这句话呛着，哭笑不得。

"是废话吗？"陶展文仍是似笑非笑的表情。

老朱见陶展文还在卖关子，火了："哎，我说你是和火车杠上了？凶手呀！凶手是谁！"

"我还真就杠上了！我方才问，是不是有火车通过了，你说废话。奇怪了，你为何这样笃定？你亲眼看见了？”

老朱哭笑不得：“这还用得着看？不明摆着的吗？”

“这么说，是你推测出来的？”陶展文不紧不慢道，“你听见了汽笛音，感受到了地面震动，便推测有火车路过。”

“推测？”老朱觉得这个词语有哪儿不对，辩驳道，“就这还用得着推测呀？”

陶展文也不顾在座的两人着急，仍慢悠悠道：“太过武断了吧。你就不怀疑，这汽笛声与地面的震动，是人为的？”

“荒谬！”老朱鼻孔儿出气。

“待我说完，你就知道荒不荒谬了—— 你通过汽笛声与震动，便判断外面有火车经过，实际上未亲眼见到火车。我说的对不对？”陶展文不厌其烦地重复。

“我也未亲眼看见火车。”吴掌柜插嘴了，“但我敢笃定方才是火车的响动，因为我在窗外看见了烟雾。你瞧瞧外面，还未完全散去。”

客厅通向办公室的门大开着，从这儿，可瞧见办公室南边墙上的窗户。透过窗，可瞧见外头的天空。但陶展文仍不服输：“烟，不是火车。或许是某人在窗外立了根烟囱呢？”

“你有话直说，别给我们打哑谜了！”老朱不耐烦了。

陶展文少见地点了支香烟，任烟雾刺激肺管，悠悠道：“我为何要扯到火车呢？因为本次的案件，也是同理——大家为何确信案发时间是两点四十分？因为空箱倒塌的响动？因为从天而降的晒席……他们目睹了案发的一幕吗？”

陶展文绕了一道又一道弯子，老朱的语气有些焦躁了：“你又说废话！如果目睹了，就直接逮人了，还用听你在这儿胡咧！”

陶展文也不生气，自顾自分析道：“但有一点是毋庸置疑的——若案发时间真是两点四十分钟，凶手就不可能神不知鬼不觉地逃离现场。后院空地有一众工人，同顺泰走廊有女佣银子。即便是女佣说了谎，两点半时，小纯也回家了，在走廊上看书。这么多双眼睛，愣是没发现可疑人物进出？这说明了什么？”

“不知道。”老朱冷淡道。

“这只能说明一点——凶手早在两点半之前就已经逃离了现场！”

“案发前？笑话，那他到底有没杀人？”老朱对这一说法嗤之以鼻。

陶展文吐出数个烟圈，继续道：“我给个节点吧。最迟在两点四十分以后，也就是天降晒席之后，没有任何可疑人士出入过晒场！先前，某人给我说明了一种可能性——在晒场的屋顶潜伏两个钟头，待众人发现尸首，场面混乱时，再趁机偷偷跳下。但很可惜，唯一有条件采取以上行动的人，却有着绝对的不在场证据。于是乎，结论出来了——要在两点四十分作了案，再悄然逃离现场，是绝对不可能的！所以凶手只能在两点半之前逃离！”

见朱、吴二人面面相觑，陶展文给他们消化的时间，颇享受地吞云吐雾一番，才往下说：“后院空地两点半开始动工，而女佣银子，也是近乎两点半才来到走廊做针线活儿。所以只要不超过两点半，任谁都可以大摇大摆地进出晒场。”

老朱听出了个问题：“你说银姨她两点半前不在走廊上？不对呀，那她之前都干什么去了？”

“对了，忘了告诉你，我们出门散步后，银子也跟着出了门。那时，你我在仓库，吴掌柜在小房间忙印刷，谢叔请假早退，王掌柜在二楼办公，但被样品柜挡着，没瞧见她下楼。所以没人知道她曾出过门，她也刻意瞒着大家。她只出门了一小会儿，就马上回来了。”

“真的只有一小会儿？”老朱狐疑道。

“她确实马上就回来了，但没有立刻到晒场前的走廊做针线活儿，而是在靠南的窗户旁待了一阵子。”

吴掌柜奇道：“这还真是第一次听说，陶小兄是怎么知道的？”

“说来话长，总之，银姨她与案件无瓜葛——她在关帝像前坐下不久，小纯就回来了，时间大概是两点半。在那前，走廊是放空的，谁都可以任意出入。你们理解了吗？只有在两点半以前，凶手才能轻易逃脱。”

“哎，你等等，再让我消化一下。”老朱有些被绕晕了。

陶展文可懒得再解释，单刀直入道：“你们想知道真凶是谁吗？”

“那自然想，但是……”老朱作苦思冥想状，一旁的吴掌柜也未理顺，眼睛眨个不停。

“那么，我怀疑的凶手是谁呢……”陶展文拧灭烟头，面向吴钦平道，“吴掌柜，是你。”

被推翻的推理

“你说什么！”吴掌柜猛得从沙发上弹起，“你怀疑我是凶手？！”

“是的。”陶展文不缓不急道。

吴钦平把指节捏得咯吱作响，怒道：“杜掌柜与我深交，我视其为兄长，我怎么会害他？！你也该知道，他这一走，给我带来多大麻烦！你，你说我是凶手？好！你倒是说说动机何在？！”

“不急，稍后会提到。”陶展文起身道，“方便移驾到隔壁小房间去吗？那儿更方便说明。”他不待对方应允，径直便朝隔壁走去。吴钦平愤怒得直咬牙，但还是老实跟了上去。

老朱一时搞不清状况，乍回过神儿来，只觉得背脊发凉。面前的吴掌柜，肩头高低不齐，且如筛子般颤抖，哪还是平日里那优哉游哉的吴老大。吴老大为何会如此激动，陶兄打算如何应对——老朱的好奇涌至极点，但同时，又感到暗暗心悸，膝盖不住地打抖。

三人来到陶展文暂住的小房间。陶展文把仅有的两把座椅让给两人，自己则坐在床沿上。吴钦平刚坐下，便怒不可遏道："这下可以说了吧？你若信口胡诌，别怪我……"

陶展文可未被对方的气势吓着，微笑道："从哪儿说起好呢？方才我们也下了结论，命案并非发生在我们认定的案发时间。但在此之前，我们还得推翻两点——落下的晒席和倒塌的纸箱。老朱方才说得对，确实没有人会闲到去伪造汽笛声与地震，立根烟囱放烟雾。但只消抛下晒席，推翻纸箱，举手之劳便可置己于命案之外，凶手何乐而不为呢？"

"凶手是如何做到的？"老朱奇道。

"凶手在两点半前行凶后，设置了一系列机关。他先将铁锤塞入尸体的手中，伪装搏斗现场。接下来才是重中之重——凶手先用一条线，或许是结实的风筝线吧，一头系在晒场的晒席上，另一头则垂至楼下。我猜想，线应该沿着水管道垂下的，这样可以确保不会被发觉。接着，就是将空箱堆积在系了线的晒席上。最后就是实际操作——凶手等到两点四十分。哎，未必，应该说，是等到身边有第三者，能够确立不在场证据时，将通往楼下的线一扯！结果如何？晒席从天而降，纸箱倒塌发出声响，两者发生的时间出奇的一致，让众人坚信案发时间是两点四十分。高明，真是高明！"

陶展文话音刚落，吴钦平猛然站起，一脚将椅子掀翻，怒喝道：

“真是荒唐！即便让你蒙中，这也不是我干的！”从刚才开始，吴掌柜就像变了个人。这正中陶展文下怀，他扶起椅子，笑道：“坐。莫要激动，这也是您自己要听的，不是吗？待我说完，您再为自己作辩解不迟。”

吴钦平恶狠狠地瞪了陶展文片刻，见对方丝毫不为所动，也没法子，只得重新坐下，嘴上嘟囔道：“胡诌！”

见对方老实了，陶展文才继续道：“刚才说到哪儿了？哦，凶手把晒席扯了下来。其实，那时死者已经遇害了有一阵子了。那么，现在来聊一聊行凶吧——凶手很轻易就得手了，毕竟目标正好睡眠，在心存歹念的凶手眼里，就是一只待宰羔羊。果不其然，凶手用边上的竹耙，往死者后脑部一击，便取了其性命。还记得现场的状况吗？大量血迹集中在藤椅靠背，证明死者的出血主要源自后头部。至于额前的伤痕，那是凶手为了伪造搏斗现场，刻意又在尸体上补了一下。最后，将尸体拖至地面，行凶完成。在富士报社三楼，可将晒场尽收眼底。凶手还得确保行凶时，报社三楼没有人。吴掌柜，你与报社的鹤田记者相熟。”

陶展文阐述时，吴掌柜几次要爆发，但都硬生生忍住了。见对方停下，他咬牙切齿道：“你这就说完了？”

陶展文没有回答，从容地起身行至窗旁，才回头继续道：“我方才说过了，若凶手扯下晒席时，身边没有其他人，苦心经营的计划便毫无意义。吴掌柜，你当时以文件错误为由，喊来了在隔壁办公的王掌柜，对吧？其后，我与老朱也进房来，这对您来说，求之不得吧？我记得，您当时真热情，要帮我收拾桌面，然后，您就到桌子这头过来了。没错，就是我现在所站着的位置，窗边。我猜，线的另外一头，就通进了窗里吧？当时，窗帘飘呀飘着，我们都没注意到有根细线混在里头。于是，有桌面上成堆的文件做掩护，你将线一把扯下！接着的一幕，大家都知晓——晒席落下，空地上的工人破口大骂。这还不算完，那系在晒席上的线，要如何回收呢？您在晒席落下的同时，也松手了吧？我记得，您急匆匆下楼去时，老朱调侃了您一句'也不怕闪着腰'，可见，您当时跑得有多快。咱朝窗下看时，您已经蹲在晒席旁假装检查了，那时，线已经到您口袋去了吧？完美！"

听到这里，吴钦平没有发作，但那双目透出的凶光，和那抽搐的唇角，还是让老朱暗暗为陶展文捏把汗。只见他缓缓站起身，低沉着嗓子道："我吴某人，一辈子与人无争，别说……"陶展文冷静地抬起手，姑且制止住对方："待我说完，您还不服气的话，再仔细料理我不迟。接下来，就是您最感兴趣的动机了，也就是，您为何要谋害杜掌勺。"

"有趣，有趣！"吴钦平推开椅子，一屁股坐在床沿上，皮笑肉不笑道，"愿闻其详，你所谓的动机。"

陶展文仍倚靠在窗边，娓娓道来："我首次听闻您的信条，是在去年暑假吧。说实话，我当时，还真挺羡慕您这'倒数第二'原则——凑凑合合，得过且过，既无愚蠢的野心，又无致命的错误，半辈子平平淡淡，却无忧无虑。要防的，只有被吊车尾迎头赶上，但您至今一定发觉了，行业经验的累积，让您愈发无法隐藏自身的锋芒。渐渐地，您甚至觉得一览众山小。这让您开始重新审视这坚持了半辈子的信条。我说得可对？”

吴掌柜全程双臂环胸，双眼眨也不眨地盯着陶展文，听到这里，他还是那句话：“有趣，你有趣呀……”不同的是，这次他显然欲言又止，估计是在整理语言。

陶展文见对方未作反应，便继续往下说：“让我猜猜您如今的心境——您在同顺泰摸爬滚打多年，浑然成为一位坐有功劳、站有能力的‘行业精英’，要知道掌柜这个位置，不是人人都能做的。于是，您开始蔑视身边的人与事，对‘倒数第二’主义产生怀疑，您懊悔不已——若是平庸之辈倒罢，自己分明禀赋聪明，竟无端地半生蹉跎！老东家突亡，您的心思也活泛起来——如今，自己就是同顺泰的救世主，正是时候卧龙出山，辅佐少主。但遗憾的是，你面前，还挡着一位‘凤雏’。”

“我帮你往下说吧。”吴钦平突然阴恻恻地冷笑道，“这‘凤雏’便是杜掌勺。正所谓天无二日，国无二主，卧榻之上岂容他人安睡。所以我便痛下杀意。对吗？”

陶展文感觉对方的态度愈发不妙，赶忙继续下一个话题：“动机只是猜测罢了，接下来，便是我怀疑您的原因了——那日，我与你们少东家外出散步前，曾回到这个小房间添件衣裳。那时，您正准备印刷发票吧？您已经将发票的内容誊写于明胶之上了。若我没记错，第一行内容是‘Shark’s fin 37 bales’，也就是鱼翅 37

俵。接下来的步骤，只需放上原纸，用滚轮贴合，便可完成印刷。就算再不熟练，印刷十张，也用不到两分钟吧？然而我外出了约莫五十分钟，回到这里，您竟然还在印刷最后一张。我就奇怪了，这多余出来的四十八分钟，您去做了什么？这便是我怀疑您的契机所在了。尤其是，如今可以明确女佣银子在两点半之前，并没有守在关帝像处，您有充裕的时间可以自由出入晒场作案。”

“呵呵，陶小兄呀……”吴钦平作忍俊不禁状，徐徐站起，表情中哪还有丝毫怒意，取而代之的是示威似的微笑，“我服你，竟能将我的心境分析地如此透彻。我心服口服！对你的‘想象力’。可惜可惜，你没见好就收。画蛇添足，毁了之前毫无破绽的推理。”他大摇大摆地行至陶展文跟前，游刃有余道，“你在哪儿‘添足’了，我来教教你？”

陶展文直视着对方轻蔑的眼神，笑容不减：“不劳您口舌，且让我自己反省——我乍见着您誊写在明胶上的字，便一门心思以为你要印刷的便是这内容。一直到今早，我才发现自己错了，大错特错！今早，我在前台偶然翻出了您当日使用的油印版，第一行并非‘鱼翅’，而是‘Dried Abalones’，干鲍十箱。于是我恍然大悟，您在我离开后，抹去先前的内容，重新写了一份。我见箱中有剩多余的发票，便抱着尝试的态度，也重新誊写了一遍油印版，再印刷了十张，粗略一算，全程共花费四十分钟。据我了解，我离开后的五十分钟内，您有十五分钟在与王掌柜闲聊吧？这一推算，您大概花费了三十五分钟来完成作业，比我快了有五分钟，不愧是老手！如何？对这几组时间，你可有异议？咱再打个计算——上三楼，行凶，伪造搏斗现场，系晒席，堆纸箱……区区五分钟，还是有些勉强了。动作再麻利，至少也需要个十分钟吧？”

说到这，陶展文暂停片刻，歇歇嘴，也顺带瞧瞧对方的反应。直到吴钦平不耐烦地催促：“继续说呀！”陶展文才继续：“其实，我一开始怀疑您时，就一直说服自己‘凶手一定使了某种花招，缩短了作业时间’，但对这‘某种花招’却毫无头绪。先前说的动机也是一样，都有一厢情愿之嫌，凭空臆测罢了。我想说的是，除去不必要的先入观，客观分析过后，很不愿意承认——我的推理确实被推翻了，您不是凶手。”

这三百六十度大反转……吴掌柜紧绷的神经骤然放松，失力地往后退了两步，差点儿没站稳。油然而生的钦佩，让他生不起气来：“陶小兄，所幸时间上有冲突，否则，单凭你这‘凭空臆测’的动机，都足够让警方抓我去问话了。”

陶展文笑着把脸凑到吴掌柜面前，赖皮道：“吴掌柜，别手下留情，赏我一个嘴巴子吧。”

“我哪儿会打人呀，吓唬吓唬你罢了。”

“怎么，不动手？那岂不是让我白白诬陷了一番？”

“诬陷事小，你这么一搞，我心脏受不了。话说回来了，你到底知不知道谁是真凶？”

“真凶嘛……”陶展文神秘一笑，“我还真知道了，只不过眼下还不是说的时候。”

方才的闹剧已让老朱颇不满，如今见陶展文还要卖关子，他是坐不住了，起身激动道：“你耍了我俩一大圈，最关键的却不说了？！”

“我可没耍你们，刚才说的行凶过程，可是有理有据的。只需要更正一点，系在晒席的线，并没有停在二楼，而是沿着水管，延伸到了仓库的水沟上。”

“仓库的水沟，仓库……”老朱绞尽脑汁，试图回忆起当时仓库附近的情景。

陶展文不打扰老朱，对吴掌柜道：“吴掌柜呀，您可知，自己做了多少凶手才会做的事？与富士报社的员工交友，招呼王掌柜进房，晒席落下时您又正好站在窗边，还第一个赶到楼下，蹲在晒席边上……我看，都可以让警方给您安一个妨碍公务的罪名了。”

“我真冤，我妨碍啥了？”吴掌柜哭笑不得。

“您可让我的推理走了个大弯路呀！”

后头想想，吴掌柜还真有些后怕了：“无意之举，相信我，完全是无意之举！但让你这么一说，我倒真有重大嫌疑了。真得感谢你没与警察说呀！”

“真正可怕的，是先入观。一旦有先入观作祟，所有的动机与证据，都会不由得为先入观服务，推理也会失去最起码的客观。”

“你知道吗？刚听完你的推理，我一时竟死了心。觉得这回是洗不清了，得坐牢了。”

“那倒不至于，一些状况证据罢了，警察也不能起诉你。”

“怎么说？”吴掌柜奇道。

“状况证据，你只要誓死否认，警察也无能为力，法庭注重的是物证。”

“哎呀，我差点儿忘记陶小兄你是学法律的。今后可再不能拿老哥我开涮了呀。对了，你说的真凶，若誓死否认，也会被判无罪吗？”

“所以我方才说，还不是告诉你们的时候。说了也没用，眼下我手头还没有决定性的证据。”

“你有把握能找到吗？这决定性证据。”

“呵呵，努力便是。”陶展文笑得很是无力，笑容之上，覆盖着一层忧伤的阴霾。

这时，一旁的老朱忽地一拍大腿，神秘兮兮地压低声音道：“我记起了！晒席落下时，我算是第一时间往窗下看了吧。那时，那个人也在场……”他艰难地咽了口唾沫，“郭文升！郭文升当时就在场！”

陶展文也不吃惊，似早已对此了然于胸：“是的，郭文升在场。补充一下，他有着一副苦大仇深的表情，跟在桑野东家后头。”

老朱欲言又止，显然心里藏着事，但碍着吴掌柜在场，不好直说。

真相未明

天色渐晚，吴掌柜吃了教训，怕陶展文又拿自己说事，便急忙告辞了。陶展文也正欲离开，老朱扯了扯他的袖子，神秘道："陶兄，你知道桑野家那郭文升，是什么来头吗？"

陶展文佯装不知，奇怪地问道："他能有什么来头？"

老朱怕隔墙有耳，低声道："我同你说，那个郭文升，是宣义人。你猜我是怎么知道的？他办公桌上那张照片上写着'摄于宣义'。"

"哦，你说这个？我也看到了。"

"这还没完！"老朱把声儿压得更低了，"你是只知其一，不知其二。我还听说，他出生于富贵之家，但父母死于匪人之手！"

"这又是从哪儿听说的？"陶展文皱眉。

"这是一个姓杨的广东人悄悄告诉我的，他是直接从本人口中听说的。我这会儿悄悄与你说，你可别泄露出去了。"

"再让你们'悄悄'几次，怕就世人皆知了。"

“我老朱可是守口如瓶的，还没对任何人说过。”

“那你现在在做什么？”

老朱有些不高兴了：“情况有变嘛！谁让那郭文升，当时就在水管边上。”

“哦，是吗？”陶展文隐隐猜到老朱接下去想说什么了。果不其然，老朱搬出了那件事：“陶兄，你可有听说过，有关老东家过去的传言？传言说，老东家年轻时，在宣义开‘黑船’，干的是杀人越货的买卖……”

“这又是谁告诉你的？”陶展文无奈道。

老朱一时回答不上来，索性糊弄道：“这还用谁告诉呀？都是公开的秘密了。”

“这是恶意中伤。”陶展文断言，“但凡成功人士，身边多少都会围绕一些似真似假的谣言。”

老朱不服气，硬着嘴皮辩道：“但这传言，和郭文升的经历出奇的一致呀！”

“一致又如何？方才你也听到，吴掌柜的举动与凶犯出奇的一致，结果呢？还不是错的？”说到此，陶展文也懒得在这个问题上浪费唇舌，反倒是记起一事，问老朱道，“你把过磅簿（看贯簿）放在哪儿？仓库还是办公室？可否借我一看？”

见陶展文不带搭理自己，老朱自讨了个没趣，语气难免有些冷淡：“办公室。我把它钉我桌上了，你要看自己过去看。”

两人随之来到办公室，陶展文将挂在老朱桌边的过磅簿取下，细细翻看起来——

昨日，从桑野家入库的三十五箱虾干，由于一郎的心思不在工作上，仅过称了七箱。其中，两箱一百十九斤，三箱一百二十斤，两箱一百二十一斤。扣除箱重十五斤，“补量”充足。由于是桑野家的货，也没人一一深究了。

陶展文将过磅簿归位，心满意足地伸了个懒腰，困顿道：“睡了睡了，明儿还得早起去远足。”说完，也不理老朱“幽怨”的眼神，换了睡衣，窝进被窝里了。不消一会儿，便发出微微的鼾声。老朱无奈，便也回房歇息了。

翌日清晨，陶展文似昨日一般到晒场上“演武”一番，正打算去盥洗室擦把汗，却见友人乔世修在里头洗漱。陶展文奇道：“乔兄周日也起这么早？今天有工作吗？”

“嗯，周日早上有些事要处理。”友人抹着脸，答道。

“头疼好些了没？”

“歇了一晚，好多了。”

“不用太担心小纯，她也是大姑娘了，不会出事。今天有打算去海岸村吗？我陪你。”

“没打算，那头的工作告一段落了。”

“那咱到隔壁桑野家串串门儿？”

陶展文知道友人无法拒绝这个建议，果不其然，乔世修佯装自然，嘟囔道：“桑野家呀……唔，去瞧瞧也好。”

于是，两人简单对付了早餐，便到桑野商店去了。八点对辛勤的海岸村而言，可不算早。周末街上更是人潮涌动，热闹非凡，关门休息的店铺不多。今天店铺由矢部与辉子打理，郭文升休息没来，桑野东家一早便出差去了，这趟要沿着中国，到九州一路造访原产地，估计一时半会儿是回不来。

即是串门，便无要紧事，加之妹妹失联，乔世修不免兴致索然。辉子见情郎心中郁闷，也出言安慰，但无非就是那几句话："纯妹妹也是成人了，区区一晚未归，不用担忧的。你想想，父亲刚走不久，陪着自己长大的杜叔也跟着去了，她一定很悲伤吧？或许，是出去旅行散心了呢？"眼下有外人在场，这对小情侣自然不敢畅所欲言，话题也不咸不淡。

"但愿如此了……"乔世修无力地笑道，任谁都瞧得出他在逞强。这几日，他那纤弱的神经已不堪重负，接下来要发生的这场变故，一定会是压死骆驼的最后一根稻草——可以的话，陶展文真想当一切未发生过，撒手回国。

但是一想到晒场之上杜自忠的惨死状，陶展文自知，自己必须狠下这心肠。他心中犯苦，却佯装无事地对矢部道："矢部掌柜，下月要出新虾干了吧？"

"呵呵，陶同学打听这个做甚？想入行呀？"

"言笑了！拓展一下知识面罢了，活到老学到老嘛。"

"都说是下个月，其实'先头部队'这阵子应该到了吧。"

"听说，你们店还压箱底了四十五俵大分县的货。这趟若撞上'渔荒'，你们这批存货，可得坐地起价了吧？"

“赚是能赚些，但与咱店铺无关。”

“哎，这话是什么意思？”陶展文奇道。

“陶哥有所不知。”辉子开口替矢部回答道，“桑野店铺自创立起，便未沾过投机倒把的买卖。这批虾干，家父已经以自己的名义买下，赔了，也算在他个人账上。”

陶展文立马就会了意：“我懂得了，也就是说，这批货也算是卖出了？”

“说对了一半，他得把这批货成功抛售了，才记在公司账上。”

“哦哦，这么说，这是桑野东家派给自己的‘特殊任务’了？哎，你们就不怕给放坏了？”

“塞冷库里哪能坏呀？咱家用的甲东冷库，可是一流品牌。”矢部不忘吹嘘一阵，接着起身告罪道，“我还得跑一趟四丁目，先失陪。”

陶展文挺识相，也起身告辞道：“那我也不好再叨扰了。”

见乔世修却丝毫没有要走的意思，矢部才明了陶展文的用意，朝他递去一个暧昧的眼色。两人匆匆离场，扔下这对小情侣独处。

离了桑野，陶展文便径直回了同顺泰。客厅内，一郎正冲着镜子聚精会神地挤粉刺，陶展文进门，他权当没瞅见，招呼都不打便走开了。老朱房内，断断续续传来不成调的京剧唱词，听着像梅兰芳十八番《洛神》的唱段：

“吾乃，洛川神女是也。掌握全川水印，修成一点仙心。因与曹王子建尚有未尽之缘，犹负相思之债。今日闻他驻扎本驿，为此御云而来……”

亵渎名作呀！陶展文着实不敢恭维老朱那怪异的腔调。

今天吴、王两位掌柜和谢老头儿不在公司，他们即便来了，也没得事做。陶展文翻出电话簿，拨通了甲东冷藏公司的电话——

“您好，这边是桑野店铺，想确认一下前些天寄存在贵司那批虾干的事宜——哦？好的，麻烦您转接了。”

等待片刻后，电话转接到了冷藏负责人员那边，陶展文继续礼貌地问道：“抱歉了，周日还致电打扰！想确认一下，昨儿那批虾干，咱刚寄存，就又出柜了不是？……您说什么？没有出？哦，只有一部分样品出柜了呀。敢问是怎样包装的？麻袋，然后卷上草席，好的！今天东家出差去了，我这头刚接手，不晓得买方是哪家呢？哦哦，你们也不知道？传票上没写？那可要命了！物流公司呢？只送到车站呀？方便问一下，是哪个车站？香住，山阴的香住？哎呀，真帮大忙了！有送货地点，多少能查得出是哪家送货。谢谢，谢谢！再见。”

陶展文安下话筒，楼梯口传来好大动静，富永未见其人先闻其声：“陶老弟，哥哥来啦！”

“您总算是来了。”陶展文到客厅迎接，“现在就出门？”

“去哪儿还没定呢，陶老弟有推荐吗？”

“我想到里日本走走，但怕是得在那儿过夜。”

这时，老朱将“母鸭嗓”切换成了“公鸭嗓”，声音也渐小：“加鞭催马到洛滨，烟水茫茫何处寻。”

这是曹子建梦遇洛神，急急赶往洛水相见时的唱段。唱到兴起，老朱竟还加了颤音，努力想表现出佳人那含情脉脉、欲语盈盈的神态。陶展文可不宠着，高声喝止道：“老朱，别抒情了，出发了！”

“公鸭嗓”顿止，老朱颇害臊地从门缝里伸出脑袋：“就走？”

“家里得有个人，待你们东家回来了再说。”

老朱心里怨：“一郎呢？咋一需要他，就不见人影？”

海边的嫌疑人

车内，三人谈笑风生，陶展文难得话痨了一回，谈的大半是友人与桑野家千金的罗曼史。平日里，陶展文可是秉持着“闲话莫说”的原则，今日也不知怎的，一聊起来，嘴上便没了把门儿的。甚至连当年友人向自己诉苦恋爱烦恼一事，也和盘托出了。

富永听得是感叹连连，笑道：“年轻人嘛。陶老弟，人不风流枉少年，你也得趁着这大好年华，花开多头呀。别到了我这年岁，力不从心咯。”

“富永大哥这观点，我可不苟同。我一直以来都视乔兄为榜样。纯洁无瑕的男女，一尘不染的恋情……羡煞旁人，吾之所欲也。”

“是了，是了。”富永撇了撇嘴，应承道：“独生子女，跨国恋情……听得我呀，都要重拾青春咯，祝愿他们有情人终成眷属。哎，不过说真的，乔家那少东家，着实是有些神神道道。”

客车行驶在蜿蜒崎岖的山阴国道，不一阵儿便抵达了目的地——香住站。早已过了烈日当空的时分，天空被厚重的乌云占据，真有种“黑云压城城欲摧”的感觉。

香住盛产海鲜，当地名产松叶蟹的旺季已过，却还是鲽鱼与鼠头鱼的时节。车站里入驻着许多海产仓库，空气中难免弥漫着一股鱼腥。

陶展文一下了车，便径直找库管了解情况。神户发货，卷席包装的包裹，眼下只入库了一件。收件人一早便来等货了，还叮嘱仓库这批货易变质，需要优先处理。就在方才，才提货离开。库管人员回忆道：“您打听收件人呀？是个五十来岁的大叔吧，说是要把货搬到港口去。我记得了！他话刚说完，办事处的大爷就骑着运货的自行车回来了，他便想雇大爷再跑一趟港口。”

“那大爷同意了吗？”陶展文问道。

库管员摆出个市侩的眼神：“一趟五十钱呢，这便宜谁不愿占，够大爷好一阵儿的酒钱了。”

“然后呢？那收件人也跟着去了？”陶展文再三确认道。

“自然是跟着去了吧，他好像挺着急那货。我想想，后座上几十斤的货，那把老骨头差点儿没稳住自行车，那人就在后头扶着。我说，这位小哥，你打听这些干吗？”

库管员的脸色有些不善了，陶展文忙见好就收，反正已经弄清目标的去向了。碰巧得很，一台货车正打算出库，车厢中载货不多，多载三人绰绰有余了。陶展文大步上前拦住货车，对司机道：“师傅这打算送货到哪儿去？方便把我们捎到港口去吗？当然，我们不会白坐顺风车。”他掏出五十钱，递给司机。

司机面露难色，但终究抵挡不住五十钱的诱惑：“驾驶室可容不下三人，你们愿意委屈坐后头的话……”

“好说！我去喊我同伴过来！”

陶展文的两个同伴在做什么——老朱两手插在裤袋中，对车站周边的景致浑然不感兴趣，反倒是盯着铁轨愣神儿。富永则如刘姥姥进大观园一般，观察着一个个货箱，时不时还伸出手指敲上一敲。陶展文大声招呼道：“老朱，富永老哥。来来，出发了！”

“去哪儿，去哪儿？”富永闻言兴奋地跑了过来，见着眼前的货车立马蔫了，“这算啥呀？观光巴士呢？”

“这可是特等席，比巴士啥的宽敞多了。”陶展文催道。

老朱瞧这阵势，有些打退堂鼓：“这……今晚回得去吗？我明儿还得上班。”他这一路，可没少担心回不去。

陶展文把两人往车厢赶，笑骂道：“装什么！平日也没见你对工作这么上心。放心吧，我出门前与你的少东家打过招呼了。”

香住这个城市以沿海渔业为支撑产业，另外主打的还有二十世纪梨[1]的种植。狭长拥挤的街道，两旁是满溢生活气息的民家，乍看下倒是有几分繁华。但这仅是假象，透过房屋缝隙便可瞧见一望无际的农田。

一路下来，富永眺望着周边的景致，感叹道：“这城市，还

[1] 二十世纪梨：日本主要的青梨品种。

真是一条路走到底。”

“嗯，只有一条干道，帮大忙了！”陶展文更是全程盯着路旁，生怕看漏了一人一物。陶展文起身张望，前方不远处有家小馆子。一黑衣打扮的老爷子坐在店前歇脚，关键的是，他身旁停了一辆自行车，但眼下车后座上已没了货物。陶展文赶忙招呼司机道：“师傅，瞧那头，就是挂着蓝色旗子的那家店铺，对的，上头写着‘凉粉’，就停那馆子前边。”

司机一脚刹车，车子便稳稳停在了“凉粉”处。陶展文率先跳下车，跟在后头的老朱口中不无埋怨：“你把咱领这鸡不拉屎、鸟不生蛋的地方来干吗？”最后下车的富永也皱眉道：“这是哪儿？鱼腥味更重了。”

陶展文懒得理两人的抱怨，径直朝那黑衣老头儿走去。老头儿正要买凉粉，从裤袋里掏出了一枚五十钱银币，朝店员吆喝道：“老板娘！一份凉粉！来看看找得开零钱不？”

陶展文向老头儿搭话道：“老爷子，咱家老板上哪儿去了？就是雇你拉货的那个。”

“那人是你老板呀？”老头儿把银币递给老板娘，答道，“我帮他把货拉到前边拐弯处，他说好久没来，忘了路，剩下的路他自个儿想办法，便打发我走了。”

“大概是多久前？”陶展文问道。

“就一会儿，就一会儿。”老头儿注意力根本没在陶展文这头，他从老板娘那接过零钱，一枚枚数了起来。

瞧他那老糊涂的样儿，这“一会儿”怕也没什么准数了。陶展文没法儿，只得跑回到两个同伴处：“走，走，出发了！”

老朱一听，不高兴了：“这一路把我的老腰给颠的，好歹歇息一阵儿呀！也不知你在赶个什么！ ”

陶展文权当没听见，兀自朝前边拐角大步走去，这火急火燎的阵势，哪还有平日那一般山雨欲来我自岿然不动的成熟。

三人到路口处，左拐就是香住港口，右拐是上坡，通往冈见公园。此处可以将整个香住港尽收眼底了，这个港口规模不算大，三三两两艘渔船停泊在码头边上，渔夫也就那五六人模样。陶展文自顾自嘟囔道：“不是这边。”接着指着公园大门，对身后二人道，“来，爬山。”

身后两人脚还未抬起，陶展文便小跑上坡了。老朱气急，笑骂道：“嘿，陶兄呀，你今儿是吃错药了吧？你急归急，好歹给咱一个说法呀！”

陶展文忙回头，给老朱打了个噤声的手势。老朱见阵势不对，忙收起埋怨，眼珠子滴溜溜地打望周围。

坡道中途，有一家“八坂神社”。陶展文行至石梯旁时，骤然驻足。跟在后头的富永差些撞上他，奇道：“怎么了？突然停下。”但他立刻找到了缘由——零零散散地散落在石阶两旁的虾干。

“这是……”富永完全蒙了。

“虾干被扔在路上了。”陶展文严肃道。

“这明摆着，还用你说明！”

“他腾出麻袋，装进了其他东西。”

“什么东西？”

陶展文全然没空儿理会蒙在鼓里的两人，面色愈发难看了——脚下的石砖松垮垮的，显然有被凿起的痕迹，有几块石砖的表面还沾着湿润的泥土。

陶展文的脚步忽然放缓，这可不意味着他心里不着急了，只是不想闹出动静，惊扰了走在前方的某人。三人继续登爬了一段，终于抵达了公园。所谓公园，只不过是小山丘顶上的一块空地罢了，再往前，便是面朝大海的断崖。断崖尽头处，有一盏用天然的石头堆砌而成的石灯，倒有几分寂寥之美。

来自日本海的层层波涛，前赴后继地拍击着悬面。向前望去，号称“占地四平方千米”的白石岛清晰可见。冈见公园所落座的巨大岬角，仿佛一轮闸刀，将海面一分为二。岬角东面为今子浦，西边为香住港。今子浦海面上怪石嶙峋，便是那大名鼎鼎的“蛙岩”，再向前的“黑岛”同样是当地著名的景点。

险崖、恶浪，两者互为攻守，描绘着是日本海所特有的狂野不羁。空中那令人窒息的乌云，仿佛便是那虎视眈眈的第三者。

三人乍抵达山顶，受眼前光景所慑，未注意到有人影。待心思平复后，才发现悬崖西侧，一个男人蹲在石灯前，他跟前，横躺着一个米袋大小的麻袋。男人一门心思都投入在眼前的麻袋上，时不时抬头，观察周边的动静。

陶展文三人悄声靠近，才发现男人正在用绳子捆麻袋。他先将袋口捆紧，接着，试图用绳子将整个麻袋横竖固定。或许是出于紧张，他屡屡失手，但单从打结的方法与位置上，便可瞧出他是个打包的练家子。

陶展文以数棵零散的松树为掩护，从悬崖东侧缓缓接近男人。老朱与富永虽至今未搞清状况，但那男人显然没在搞什么见得光的事，他们姑且便伏着身子，紧跟上陶展文。

男人好歹是处理完手头上的活儿，如释重负般抹了把汗，抬起头——三人这才看清，此人竟是桑野商店东家——桑野善作！

看到这里，陶展文直起腰，大摇大摆地从松树背后走出。这举动倒是把身后两人吓了一跳，一时不知是不是时候现身，但还是下意识地跟了出去，只不过仍然是伏着身子。

桑野乍一瞧见陶展文，首先是怀疑自己的眼睛，但确认自己确实未看花眼后，才目露惊恐之色，但下一瞬间，他的表情上又覆上了一层决绝。

陶展文也不说话，离桑野还有三米来远，他停下脚步。窒息的沉默，千言万语交汇在双方的视线之中。片刻，桑野的嘴角微微一扬，似乎取回了身为一店之主的运筹帷幄，他沉下腰，麻利地将麻袋扛上肩头，双手一使劲儿，麻袋便落向茫茫大海，接着，他拍拍肩头上的灰尘，一切仿佛又回到了“海岸村”的作业场。

桑野转身，继续迎上陶展文的视线。他沉默依然，仿佛在等待着某个时机的到来。一缕阳光透过乌云间的缝隙，不偏不倚地落在断崖之上，驱散了几分海风带来的阴冷。陶展文感到形势不妙，不禁先开口唤道："桑野东家。"

不想，这声呼唤竟就是桑野所等待的信号。陶展文话音刚落，桑野便转身，毅然决然地朝悬崖处奔去。陶展文已看透下一幕，绝望地闭上眼，再次睁开眼时，桑野已消失在悬崖尽头。

陶展文再次不忍地闭上眼，云层挪动，阳光洒在他的脸上，平添几分肃穆。睁开眼时，老朱与富永已站在崖边，小心翼翼地向下张望。忽然，老朱惊恐地喊道："在那里！在那块礁石上，他没掉进海里！"

"这……估计得粉身碎骨了吧。"富永身为警察，却也没比老朱镇定多少。

陶展文来到两人身旁，眼前数百米处的礁石上，隐约躺着一个米粒大小的躯体。身旁的富永干咳了一声，懊恼道："总之，先报警吧，至少得履行了目击者的义务。"

"我方才闭眼了，并没目击到。"陶展文静静道。

富永诧异地瞥了一眼陶展文，也不强求了，转问老朱道："你呢？别告诉我，你也在开小差。"

老朱不明白陶展文是何用意，犹豫片刻，讪笑道："我也是，方才只顾着瞧松树上的小鸟了。"

富永一时无语，只得眺望着远方的白石岛，无奈道："这么说，目击者就只有我一人了？那就由我这唯一的目击者来描述吧——这位游客被眼前壮美的景致吸引，情不自禁地向前迈了一步，谁知，这一步让他踏进了西方极乐。"

“眼下只有目击者，报警没问题吧？”陶展文问道。

“也是，怕会有些麻烦。对了，你方才走在最前面，死者坠崖前做了些什么，你一定瞧见了吧？”

“让你失望了，很不凑巧，我当时正盯着云层发呆。”

富永心中冷哼，玩味地瞧着老朱道：“你呢，朱小兄？哎，我记起了，你当时在观察松树底下的蚂蚁吧？”

老朱点头如捣蒜：“是了，是了。”

“看来，只得将我所见的情景，如实汇报上去。”富永怃然。

太阳完全摆脱了乌云的遮挡，阳光直勾勾地打在断崖上，愈发刺眼。陶展文无福消受这阳光的盛宴，闭上了眼。老朱则手搭凉棚，三人中只有富永，直面这烈日的洗礼，无力道：“好吧，我一人去警署。至于你们俩嘛，在车站等我吧？唉，若换作平日的我，如何会看漏那么多细节？只怪在休假，懈怠了……”

方才桑野下蹲的位置，孤零零地躺着一块用作卷麻袋的席子。席子上，三枚鲜红的虾干在阳光的照射下格外晃眼，一看便知是上等货色。

老照片

恋人父亲突遇横祸，乔世修虽震惊，却不至于乱了分寸。试问，几经变故后，要何等的悲剧，才能触动他那麻木的神经？在陶展文的告别宴上，他时刻保持着一家之主该有的礼节，时不时地，还自嘲道："多事之秋呀——家父病故，杜叔遇害，小纯与大哥双双失踪。这还未完，如今，连桑野叔也失足坠崖……陶兄，你说说，下一个灾祸，会降临在谁头上？"

警方将桑野善作的死定义为事故，在场三人也将真相瞒着乔世修，否则，他还如何能拿此事谈笑？老朱颇心虚，伸出筷子，想把吃光的糖醋鲤鱼翻一面，乔世修厉声制止了他："汉生，今儿是陶兄的饯别宴，不能这样！"

这是中国自古以来的禁忌了——友人登船离去前的饯别宴上，席上的鱼，仅能吃一面，决不允许翻面。若是翻了，友人便要遭翻船之祸。乔世修本对此类迷信不屑一顾，但短短十日来一连串的灾祸，让他成了惊弓之鸟。

“乔兄，你多虑了。”当事人陶展文却浑不在意，兀自伸出筷子，将鲤鱼翻了个面。

乔世修苦笑道：“等明儿传来你葬身大海的消息，可怪不到咱头上了。”

酒席结束后，乔世修来到陶展文房间，两人深聊到凌晨，他才回三楼歇息。送走了友人，陶展文心中五味陈杂：“可怜人哪……”

陶展文正欲继续收拾行囊，老朱一身睡衣打扮，推门进来：“陶兄，先不急睡。”他也不磨叽了，单刀直入道，“事到如今，真凶不过就是三选一了吧？——吴钦平、桑野善作、郭文升。起初一点，就令我颇纳闷儿——陶兄你最初怀疑吴掌柜，他的行为确实可疑，但是你为何对郭文升只字未提？要知道，不论那‘摆渡杀人’的谣言是真是假，单就动机而言，他不该是第一嫌疑人吗？”

“正巧相反，我之所以将郭文升排除嫌疑人之列，恰恰是因为这所谓的‘动机’。且不说，他是否是宣义人，是否出生富贵，还未有定论吧？但我却可以断定一点——他，正不遗余力地自己‘装扮’为案件当事人。姓杨的广东人？郭文升可巴不得他能多‘偷偷’透露给几个人呢。你知道吗？他曾请求报社登刊这段往事。最后，就是那张办公桌上的照片了——衣装富贵的夫妇抱着婴儿，还有那含恨的注脚，漏洞百出。”

“哪儿有漏洞了？”老朱好奇道。

“你们老东家，是三十余年前来日本的吧？简单推算下，若‘摆渡杀人’确有其事，再如何早，也是三十年前的事了。你想想，如今，是前朝（清朝）灭亡的第二十二年，也就是说，案件是发生在清朝最后的年月。回忆一下那张照片，虽褪色严重，瞧着像是古物，边角也注释着‘光绪辛丑’，但据我判断，拍摄至今，绝对超不过二十年。所以单谈年龄，照片上的婴儿也不可能是郭文升！照片作假，郭文升的‘往事’也是彻头彻尾的作假！”

“有意思了，你凭什么就这么肯定照片是假的？”老朱不服道。

“证据就在照片上——重点，是母亲服装上的龙凤刺绣。”

陶展文预料到老朱听不明白，从行囊中抽出一本清朝的《刑部律例》。他的毕业论文选题为“中国法制史”，他对这本律例反复精读过多次了。他熟门熟路地翻到“工律”一页，指了指其条目下的“织造违禁龙凤定律”：

“凡民间违禁龙凤纹纻系纱罗贩卖者，杖一百。若买而僭用者，杖一百徒三年。未用者，笞三十。织户及挑花、挽花工匠，同罪。”

陶展文继续说明道：“看明白了吗？照片上的母亲身着龙凤刺绣的衣装，再显然不过了，照片拍摄于民国。若放在清朝，冒着被打一百板子、流放三年的风险，偷偷摸摸地穿一穿倒罢了，还特意留下照片作为证据，找死也不是这个找法儿？”

“郭文升为何无端要扯这种谎？”

“肤浅的男人……”陶展文同情道，“自卑、弱小，却妄想成为焦点。他能如何呢？只得抓住任何机会，将自己置身于他人的光芒之下。我在东京便认识这样一个人，偶然机会下，收到了一封出自名人的信件。自那后便信不离身了，一逮着机会，就取出向他人炫耀，恨不得向全世界宣告，自己可与名人有信件来往。其他人不知道，单单是我，便看了那封信何止三四次了。一言蔽之，一个人愈是渺小，愈是不打眼，便愈会迫切地粉饰自己。”

“假装出身富贵，锦衣玉食……”老朱鼻孔出气，轻蔑道，“这有什么意义？我完全无法理解呀！”

“并非世人都似老朱你这般豁达。你眼中毫无意义的蠢事，对某些人而言，便是支撑自己活下去的动力呀。我估计，那郭文升一直以来都自怜身世，自从听闻了乔老东家的传言，便自导自演了这一系列好戏。若成功传开，你想想，他是不是在舆论上踩乔家一头？一朝成名也不过如此了。”

“什么玩意儿！”老朱忍不住咒骂，“照他的意思，老东家本是落魄的船夫，杀了他的父亲，夺走了财物，才有了如今如日中天的乔家？他还想咋的？要乔家补偿？人渣！都说世风日下，都是让这帮小人整的！”

“他图得倒未必是赔偿，图得只是一种自欺欺人的优越感吧，弱者总会有些不切实际的妄想。”

“哼，这样想来，他倒是有几分可怜了。罢了罢了，丑人多作怪，任他折腾了。”老朱懒得去琢磨这类见不得光的心思，心中的疑问也尽数解开，心满意足地离去了。

屋里又只剩下陶展文一人。明日，便要阔别这生活了数年的国家，他一时间感慨万千，口中轻哼《一叶落》：

“一叶落，搴珠箔。此时景物正萧索。画楼月影寒，西风吹罗幕。吹罗幕，往事思量着。”

尾　声

甲板上。

望远镜中，乔家的“三色”，随着客船渐行渐远，逐渐融为模糊的灰点，继而消失。陶展文放下望远镜，这段青春，算是落下帷幕。迷信终究是迷信，客船平安抵达上海。

就这样过了三个月，乔世修来信——同顺泰与桑野商店合并，新公司成立在即。双方家长尸骨未寒，陶展文真心期盼的好消息，估计还得等上一阵儿。但眼下家业都合一了，想必也不会耽搁多久了。

秋寒交替，又过了半载，在一月的某个周日，一对璧人来访。男人递来的名片上写着“李廷章”，但陶展文认得此人，正是“大哥”乔世治。站在他背后的小纯羞赧地垂着脑袋。两位故人突然造访，陶展文在吃惊之余，打心底里感到欣喜：“什么风把你俩给吹来了呀，李兄？我喊你李兄合适吗？怕这也不是真名吧？”

大哥笑道："名讳不过称呼而已，何足挂齿？"

"让我猜猜……"陶展文暧昧地笑道，"我是不是得唤你身边这位为'李夫人'了？"

"正是。""大哥"目露幸福的光芒。

"成家了就是不一样，乡村口音呢？藏哪儿去了？"陶展文调笑。

"早就扔在玄海滩了。"

"你们是几时成就的好事？对了，小纯，你哥哥的好事，也就是今年了吧？"

"应该也快了。我们是前段日子才与哥哥联系上的，他在信中有隐隐提及过婚期。还有，杜叔的案子，到现在了还没个说法。"

"嗯，这是对外的口径。"陶展文神秘道。

"对外？难道暗中，已经有进展了？"小纯来了兴趣，旧事重提道，"我之前那套'潜伏屋顶'的推理，走得通吗？"

"怕是难……你那套理论，只有一郎能实现。但他的不在场证明，是所有嫌疑人中最坚不可摧的。"

"哦，好吧。"女孩儿有些失望。

"你想想，攀爬在屋顶两小时，还不能让人察觉，本身就是个伪命题了。而且我之后揭露了凶手伪造不在场证明的诡计。"陶展文向二人解释了"线系晒席"的机关，略作思量后，将桑野善作殒命的内幕也和盘托出，继而总结道："我起初将矛头集中于吴钦平一身，为此，还自以为是地臆想了一系列动机。但发生在油印版上的矛盾，让我的推理土崩瓦解，与此同时，也揭露了另一个事实——桑野善作有绝对充分的作案动机：首先，他与令尊交往甚密，有证据表明，两人私底下有合作投机的买卖。在买卖过程中，令尊只负责出资，而并未出面。令尊病故后，这投机的买卖转由杜自忠负责，实际上，知晓这买卖内幕的，也只有深受令尊信赖的杜自忠。接下来才是重点了，有风闻，桑野善作投资失败，落下一大笔亏空。若是能将那笔资金纳为己有，解一时之急是绰绰有余。另有佐证，乔兄曾与我坦言，令尊留下的遗产，比料想的少太多。其理由，我猜测，是令尊将大部分财产交于桑野做投机用。多年投机下来，怕是赚得盆满钵满吧？还记得你与我说过，在令堂忌日那天，令尊曾许诺要赠予你五十万做嫁妆，杜自忠也难得地开玩笑，说得给八十万……”

女孩儿很伶俐，立刻便听出问题所在：“万一杜叔已经将资金的事儿告诉了哥哥呢？桑野叔所做的一切不都白搭？”

“可惜，他没说。更糟糕的是，乔兄还把这事告知了桑野善作。你当时不在场，自然不知道。案发前，我与乔兄拜访桑野商店，那时，乔兄对桑野说，杜叔要过了父亲头七，才将一些细节告知自己。”

“所以桑野叔就赶在头七前……”

“所谓一念天堂，一念地狱！他终究，还是利令智昏。”

听到这里，大哥愤恨道：“智昏？智昏，还能想出那么绝妙的诡计？”

陶展文“扑哧”一笑：“绝妙，真心绝妙！相比之下，你的伪装术也是令人‘啧啧称奇’呀，竟能让我这般迟钝之人一眼瞧出破绽！我就纳闷儿，小纯这般聪慧的女孩儿，是如何让你给掳获了芳心的？”

大哥有些抹不下脸，讪讪一笑，赶忙转移话题道：“那晚被警察带走，我是有冤屈无处诉呀！我哪有本事做间谍呀！那阵子国内乱得很，我就想到国外避避难。小纯疼我，请求岳父将我引渡来日本，于是就用了‘私生子’这个幌子。这岳父呀，平时看来挺严肃的个长辈，演起戏来却一点儿不含糊。案发那天，我和小纯散步回来，发现房里有被翻动的痕迹，便知道要糟了。”

“见识到日本警察的效率了吧？尤其是‘特高’警察，对我们这些‘外乡人’，那双眼睛是时刻擦得锃亮的。”

“那帮警察知道我与案件无关，从一开始，打得就是趁机把我带回去问话的算盘。我能如何？该演的戏演到底便是。”

“你还真别怪‘特高’，他们也为此付出了代价。”毕竟是半年前的事，陶展文简单整理了下记忆，才继续道，“据女佣的证词，那长着黑痣的搬运工搜了你的卧室，于两点二十分左右，从晒场离开。那么他就有很大概率目击到行凶后，正准备从现场逃离的桑野善作。如今，两个当事人都不在人世了，当时发生了什么，也再无定论。唯有一点，我可以笃定——他们之间达成了某种封口协议，打算翌日午休时，在后院空地交易。你想想，桑野在当地也算是一号人物，如何能忍受一生受人桎梏？以桑野常年体力劳动的体格，要控制瘦弱的黑痣，还不是手到擒来吗？于是，翌日午休，在后院空地，桑野下了手。如今，行凶方法，凶器已无证可考，总之，搬运工并非失踪，而是殒命于此。尸体要藏在哪儿呢？——那日的空地上，堆放着许多大分县产虾干的四十五贯俵，将尸体藏在其中是再理想不过了。要放入尸体，便不得不腾出一部分虾干。这部分虾干，便成了各俵的‘补量’，赠送同顺泰了。”

女孩儿对自家的行当还是有一定了解的，赞同道：“没错，四十五贯俵要两个成年人才扛得起。腾出一半空间，装个尸体还是绰绰有余的。”

“所以才说是天衣无缝的妙计。谁能想到，尸体就这样让工人光明正大地运出了仓库大门，运往冷库。”

“于是乎，便有搬运工人间蒸发一案！”大哥恍然大悟，继续道，“我与小纯的失踪可没那样玄乎的内幕了——我伪造身份来日本，就是想过几天安生日子，谁承想让‘特高’警察给盯上了，那还不如在国内安宁呢！所以我俩就偷偷溜回国了。你继续说，尸体被运到了冷库，然后呢？”

“成功将尸体藏进了冷库，但仍是一块不得不尽快处理的心病。这里，又是桑野善作的另一个高明之处了——他先是以个人的名义，从店铺里买下这批虾干。接着，打着试样的幌子，独自进入冷库，将尸体换入麻袋，再包裹上草席，在空余位置塞入虾干——外国华人不愿埋骨他乡，后人将其棺木运送回国前，都会进行某一道工序，小纯，你应该有所了解吧？”

“在棺木中，填满稻壳？”女孩儿不确定道。

“正确，这里的虾干，起得便是稻壳的作用了。剩下的，就是将尸体运往熟知的香住港，沉入海底。”

“你们给朱库管下了封口令了吗？”女孩儿担忧道。

“那是自然。吴掌柜多少也猜出一二了。但你放心吧，他们都晓得其中利害，不会泄露出去。”

“那个叫富永的警官，应该也不会多嘴吧？万一这事儿传到哥哥耳朵里，天知道他会是什么反应！到那时，受苦的怕会是辉姐姐。”

见女孩儿仍不放心，陶展文也只能安慰道：“尽管放心吧，大家都晓得分寸的。”

听完整个故事，“大哥”很是感慨：“人为财死，鸟为食亡呀！”

“这次失误，也让我长了教训。”陶展文反省道，“我当时为何就紧盯着吴掌柜不放了呢？平日里总是最后一个离开仓库，与乔老东家私底下从事投机买卖——桑野善作的嫌疑，明明是最显而易见的。案发次日，桑野商店送达同顺泰的虾干平均毛重一百二十斤，扣除十五斤包装重量，净重一百零五斤，而往常一斤的‘补量’竟莫名增长到四斤。别看只有区区四斤，三十五箱的‘补量’总计四十斤之多！另外，桑野曾出席过富士报社召开的座谈会，对报社三楼的使用状况，应该也有所了解。有这么多事实佐证，离真相大白其实只有一线之隔，而我，竟因油印版上那几个字，在吴掌柜这条线上一条路走到黑。哎，不成熟，不成熟呀……”

夫妇俩推辞了陶展文的挽留，临行前，女孩儿忽然记起某事，回头向陶展文道：“我俩上个月跑了趟宣义。这一趟不仅是为了看一眼素未见过的故乡，也是为了给爸爸洗清冤屈。我们向年长的人打听过了，爸爸年轻时，确实是以摆渡为生，但杀人越货纯属谣言。”

陶展文目送这对璧人渐渐远去，心中竟久违地涌起一道说不清道不明的涟漪。